泰山木の家

糟屋 和美

影書房

師・井上光晴に捧げる

泰山木の家

目次

カバー絵＝中山一郎「春庭」

水道町物語

一、転校生

四、五年前所用で九州は博多へ出向いた。

新幹線は門司を過ぎ、車窓から北九州の街並みをぼんやりと眺めていた。ふと小倉城の天守閣が見えた。突然胸が熱い波のような湿った感情に襲われた。淡い不思議な感傷が迫ってきた。

小倉。

小倉には、たった八カ月しか住んでいなかった。それも私が十歳位の時だ。私達家族は父の転勤に伴って各地を転々としていた。

父は栄転していくのだから良いのかもしれぬが、小学生の私にはとても理不尽な移動であった。ある日を境に友達と別れなければならない。その土地の言葉に慣れ、やっと親しい友人ができても、また引き離されてしまう。

私が一人遊びが好きだったのも、友達ができるまでいつも一人で本を読んだり、絵を画いていたりしていたからだ。

小学校三年生の二学期から、私は小倉の紫川のほとりにある小学校に転校した。担任は三十代の目のつり上がった女教師だった。転校前の名古屋の住宅地にあった小学校はペンキの香りも新しい明るい校舎であったのだが、小倉の小学校は暗い兵舎のような建物だった。狭い教室の中には汚れた服装の男女がぎっしりいて、その中の数人は鼻を垂らしていたり、頭にできものがある者もいた。彼らは乱暴な九州弁でしゃべっていた。

転校した第一日目、母は無情にもその野獣の群れの中に私一人を残して帰って行った。私は不安と恐怖で卒倒しそうだった。誰と話し、どうやって家まで帰ったらよいのだ。

私は蒼白になり、本当にお腹まで痛くなってきた。震えている私に優しく声を掛けてきてくれたのが三宅桃子さんだった。

校庭で並んだ時、彼女は私の前の列だった。背が高く素直なオカッパ頭で、ちょっと後ろを振り返って私に話かけてきた。

帰り道が一緒の方向なので、私の家まで送ってあげるというのだ。地獄に仏のような笑顔だった。三宅さんの唇の上に傷があって、そこから言葉が漏れてくぐもるので、多少聞きとりにくいのだが、彼女はゆっくり話してくれるので、慣れるとそんなに気にならなかった。

三宅さんは優しい人柄だった。乱暴なクラスの中で彼女の優しさは光っていた。けして押しつけがましくなく、いつも人より一歩引いたところにいた。口さがない男子の三宅さんの容貌に対する嫌がらせにも超然としていた。逆に私の方が子猿どもに口惜しい思いをした。私は彼女といるとほっとした。三宅さんの家は、学校と私の家の中間にあった。古い家で、三味線師匠の木の看板が入口に下がっていた。お母さんはずい分年をとった人で、埼玉にいる私の祖母と似たような雰囲気の女性だった。

だらだらとした広い緩やかな登り坂を登りきると、私立女子高校の正門に突き当る。そこを右に折れると山の南側の斜面を雛壇状に造成し、新築の建売住宅が並んでいた。その中の一軒が、父の会社の社宅だった。道路より階段を数段下りるとわが家だ。北側の部屋は崖に面しているのだが、反対側は眺望が開けていた。城下町小倉がお城を中心に広がっていた。

社宅の建っているその町の名前を「水道町」と言った。小倉は例えば〝大手町〟とか城下町風の名称が多いのに、ずい分と新しい名前をつけたものだ。その辺が新開地であるのと、山頂付近に広大な市の水道施設があったのが由来であろう。

天気の良い秋晴れの日曜日、父は趣味の二眼レフのカメラを首に下げて、私達子供を連れ、近辺の散歩に出かけた。女学校の裏山を抜けると山頂に出る。

芝生の原っぱは、子供達が駆け回るのに最適の場所だった。赤トンボが群れ飛び、空の高い所に薄い雲が流れて行く。キチキチバッタを追いかけたり、弟とボールを投げっこしたり、終日楽しく遊んだことを思い出す。

眺望の開けたそこからは、低い丘陵が折り重なってどこまでも波のように続いていた。その山々の間を細い道が白い一本のゴム紐のようにうねっていた。目をよく凝らしてみると山陰に黒い点々のように小さな集落が肩を寄せ合って見えかくれしていた。街からあんなに遠くの不便な場所にも人々が生活しているのだ。

クラスの中にあの遠くの集落から通って来る一団がいた。その子たちは特別貧しい身なりをしていた。

二、集落の子

三宅さんが手術をすることになってしばらく入院するという。クラスで友人もいなくなり淋しくなった。

まるでその時期を待っていたかのように、同じクラスにいた木下恵美子さんが、山並みの向こうの集落から、ほっぺたを真っ赤にして毎朝わが家へ迎えに来るようになった。彼女は一時間もかけて歩いてやってきた。寒さに向かう季節なのにいつまでも薄いブラウスしか着ていなくて、短いスカートから出ている膝小僧が黒く寒そうだった。小柄で動きのすばしっこい木下さんは、私の持っているミルク呑み人形で一度遊んでみたいと懇願した。売り出されてすぐのその人形は名古屋のデパートで誕生日に買ってもらったものだ。母が手製のニットのワンピースを作ってくれ、私の秘蔵子は大切にされ、私が学校から帰るのを待っていた。私は木下さんの強引さに負け、ミルク呑み人形を抱かせてあげると言った。

玄関先で母に木下さんの来訪を告げる。

にこやかに出てきた母は玄関の戸を開けながら「お家はどこ？」と聞く。

「山の向こうの○○村」と木下さんが明るく答える。母の顔が突然曇る。母は私を手招きし、こっそり耳うちする。

「一緒に遊ぶのは構わないけど、家の中へ上げないでね」と言う。

廊下にママゴトの道具を出して、私の人形で木下さんが遊び出す。木下さんの髪の毛がぼさぼさだから、家に上げちゃいけないのか、それとも肘や手が汚れているからなのか、何ともわけのわからない理由で、他の子のように座敷に上げて遊ばせてもらえなかった。木下さんは私の持つ全てのおもちゃを羨しがって触りたがった。夢中で遊んでいた。何度も遊びに来た。しかし一度も自分の家に遊びに来いとは誘わなかった。自分が飼っている子豚やうさぎの自慢はよくしてくれた。山羊のミルクがとてもおいしくて、自分で絞って飲むのだと言った。

その話は私をちょっと羨ましい気分にさせた。

冷たい風が玄海灘から吹いたある日、母は毛糸の手袋を編んで木下さんにあげた。カサカサの小さな手を見たのだ。木下さんを家に上げてはいけないという母と、暖かい手袋を編んで上げる母がとても同一の人物と思えずしばし私は困惑した。

私が母に対して理解に苦しんだ事件はその後すぐ起こった。

昔は汲取式のトイレだった。月一、二回集落の方から男の人が仕事にきた。ある時、作業が終わり、男の人は丁寧にわが娘の手袋のお礼を母に伝えた。木下さんのお父さんだった。

「男手一つで育てているもので、躾がいき届かなくて失礼ばかりしておるのじゃないかと……」

母は目頭を潤ませ、木下さんにお母さんがいないことを同情した。女の子らしいおもちゃを与えてもらっていないのもそのせいだった。もっといろいろ貸してあげようとも思った。

木下さんのお父さんは母の出したお茶をおいしそうに啜り、何度も礼を言って帰って行った。母はにこにこして見送った。

その後すぐ母が妙な行動をとったので、私はびっくりした。

母は木下さんのお父さんが口をつけた新しい湯呑み茶碗を流しへ持って行って割ったのだ。

「どうして割ってしまうの?」と目を丸くして聞く私に、「この茶碗は、もう使えないのだよ」と破片を片づけながら母は言った。

その日、白い尖った破片が私の心に深く刺さった。

私は木下さんと遊ぶのを止めた。

三、環ちゃん

　女学校の正門の脇に小高い丘があり、古びた建物が建っていた。元アトリエだか物置きだか使用目的は判然としないあばら屋だった。学校側では正門の脇のよく目立つ場所なので、数年前より移転を申しつけていた。

　不思議な雑然とした家だった。その家には環ちゃんという逞しい女の子がいた。年は私より三歳位下だったと思う。小学校一年生なのに炊事、洗濯何でも一人でやっていた。

　環ちゃんは低学年だから早く帰って来る。でも近所の子らと外で遊ぶ時間がなかなか彼女には取れなかった。でも遊びたくてしょうがないので、少しでも暇を見つけると赤ちゃんの弟を背中におんぶして丘の上から私達が遊んでいるのを羨まし気に眺めていた。

　彼女のお母さんは正門の小道を登り切った所にある女学校の体育の先生だった。浅黒い肌の大柄で精悍な感じのする女性だった。勤務中に家まで走って帰って来て、赤ちゃんに乳を飲ませて戻って行った。お父さんは市役所に勤めていて、色白で優しそうな顔の人だった。

　環ちゃんが学校に行っている間は留守番のお夕ネ婆さんが雇われて来ていたのだが、婆さんは目が悪く耳も遠いので、子守をやりたがらなかった。環ちゃんが偉いのは、一歳になるかならないかの赤ちゃんの他に、ヨチヨチ歩きの三歳位の弟、環ちゃんと年子の弟の計三人の面倒をほぼ一人で見ていることだった。

勤務先に近いというそれだけで、健康なお母さんは赤ちゃんを環ちゃんに預けて勤めを続けていた。当時働くお母さんを助ける施設はなかったのだろうか。環ちゃんは仕事を持つお母さんの陰で黙って耐えていた。流し台の前で冷たい水でオシメを洗っていた環ちゃん。

環ちゃんのお母さんはとてもワイルドな子育てをしていた。下の小さな弟たちは、パンツを濡らすとたいてい後はスッポンポンだ。そして庭のアチコチで大小をやっていた。環ちゃんの家へ用事で行く時は、用心して歩かないとあちこちにコロリとした弟達の置き土産を踏みそうになる。

土曜日の午後、環ちゃんに貸してあげた絵本を返してもらいに行った。ちょうど昼食時だったのだろう。大きな一つの鍋に子供達が首を突っ込んで食事中だった。すぐ下の弟はスプーンだったが、小さい子供たちは豪快に手で食べていた。

「環ちゃん」と割れガラスの窓から呼ぶと、ちょっと恥ずかしそうにして顔を上げ、こちらに走って来た。

窓の下にはメス犬クロの産んだ小犬たちが小さな器に首を突っ込んでエサを食べていた。その様子と部屋の中の様子が重なっておかしかった。

缶蹴り遊びをしても鬼ごっこをしても、環ちゃんは赤ちゃんをオンブしてくるので、動きが遅く、隠れていても赤ちゃんがすぐ泣く。かわいそうに、環ちゃんは隠れ場所がないのだ。それでも少しの暇を見つけては私達と一緒に遊びたがった。

環ちゃんの背中が開放されるのは日曜だけ。体育の女先生のお母さん。その大きな掌が環ちゃんのまん丸なほっぺたを拭いてやっているのを見た。環ちゃんは、うれしそうな甘えたうっとりした表情でされるままになっていた。

環ちゃんのお母さんは、環ちゃんの背中にいつもくっついているあの赤ちゃんを自宅で産んでしまったのだ。陣痛が始った時、お父さんと環ちゃん、それに弟と三人で産ませてしまったらしい。

「すごいね、家で楽々と産んじゃったって。四人目だから簡単だったって。たくましいね。次の日から起きて、一カ月で学校へ戻って行ったって。丈夫な体なのね」

子だくさんの体育の女先生の自慢話を聞いてきた母は、その家の中の散らかりように辟易しながらも、妙なところで感心して帰ってきた。

十一月初め、遅い台風が北九州一帯を襲った。激しい風雨が水道町に吹き荒れた。停電になった。父の帰宅は遅く、私達は風の音にびくつきながら、ロウソクの灯りで早目の夕食を採った。私は恐くて母のふとんに入って震えていた。

夜八時頃だった。すごい地鳴りがして、家全体が、ガタガタッと揺れた。ゴオオ………と地の底から大きな手で一把みするような音が何度もした。その後すぐドドドドという轟音が鳴りわたった。

「崖崩れだ」

「水道町の皆さんは、女学校の体育館に避難してください」

消防の人達が雨の中で叫んでいた。わが家も庭先の一部が崩れていた。

悲惨だったのは環ちゃん一家だった。丘の上の中途半端な造成の所に建っていたらしく、家ごとそっくり崩れ落ちていた。激しい雨の中で必死の救出作業が行なわれた。

雨の中で何度も環ちゃんのお母さんの悲痛な叫び声が耳に残った。

「タマキー、タマキーィ――」だんだん声がかすれていった。

魂――たましい――と聞こえてきた。土の中から呼び戻すようにお母さんの声は必死でいつしか枯れていた。

翌朝環ちゃんはじめ、四人の幼い子の遺体が掘り出された。髪をびっしょり濡らしたお母さんが狂ったように泣き喚いていた。

会議で帰宅が遅れ、子供だけで寝ていたのだそうだ。あの暗い恐怖の夜に、環ちゃん一人で小さな弟たちをかばって、ベソをかいて我慢していたのだろう。

「苦労するために生まれてきたような女の子だったね。可哀相に……」

母は嗚咽しながら、掌を合わせていた。

嵐が去った穏やかな青空が水道町の上に広がっていった。

何ごともなかったように白い雲が流れていった。

環ちゃんの魂が白い雲に乗って遠くはるか彼方へ去っていったのだ。私は心の中でさよならと言った。空の高みから環ちゃんの笑い声が聴こえてきた。

――環ちゃん、ほっとしているみたい……。

私は独り言をつぶやいた。赤ちゃんを背負い、ふうふう言って私達のあとをついてきた環ちゃん。やっと背中が軽くなったって、空のどこかで大きな伸びをしているよ。

先生一家は夫婦だけとなり、郷里に帰っていってしまった。

春になって崩れた崖の下を通ると、クロッカスの花が芽を出し、暖かい陽射しを浴びて、紫や黄色のかわいらしい花を咲かせていた。

環ちゃんが花に変わって、そこにいるようだった。

三月になると、父が「福岡に転勤になったゾ」と宣言した。

小倉の小学校にやっと慣れたばかりだった。クラスの皆ともうまくやれるようになって、自分の存在を出せるようになったのに。胸のふくらみがしぼんでいくような気分になった。

手術のため、長い休みをとっていた三宅さんが、教室に現われ、心許せる親友を得たと思ったのにまた別れねばならない。

帰る道すがら、三宅さんに引越しすることを告げた。理不尽な別れに、急に悲しさがこみ上げてきた。

その時私は十歳だった。十歳でも十分人生の別れのつらさは感受できた。子供の時の方が別れの傷は深い。三宅さんのような優しく思いやりのある友人には、そうめったに会えないであろうと予感できた。

「三宅さん、手紙頂だいね。どこにいっても忘れないからね……」

私は自分を慰めるためにこう言った。

三宅さんの青白い頬に、パッと紅が差した。彼女の澄んだ目が、私の心をのぞいていた。

私は八カ月しか小倉に住んでいなかった。たった八カ月なのに、豊かな思い出が残っていた。

子供の時に感じたことがらが、大人になって意味をもってくることがある。人に接する時の態度とか、優しい心の人を見分ける目とか、あのころの感受性がどこかでつながっている。

この後、何度も転校を繰り返し、私の精神も鍛えられた。新しい友人を得るために、自分をより積極的にＰＲする術も心得た。でも本質的なところでは変わっていないのだ。異質な世界へ放り込まれると、やはり立ちすくんでいる内向的な少女のままの私がいる。

新幹線の窓外に、小倉城の天守閣が見えた。私達一家が、この地を去った後に復元されたという。車窓を流れていく懐かしい風景。

そのなかに十歳の少女の物語もあった。

凍った花

祖父の実験室は工場の隣りにあった。工場の裏手に大きな桐の木があり、祖母八重の植えたその木は、夏になると大きな葉を茂らせ涼しい木陰をつくっていた。

私は木の下でママゴトをしていた。その頃の私はいくつだったのだろう。まだ幼稚園に入る前、〝赤いカッコ〟と呼ぶ祖母に買ってもらった小さなゲタをカタコトと鳴らして走りまわっていた。私はその赤い鼻緒のゲタが大好きだった。

五月も終わり近くになると、薄紫の蠟燭《ろうそく》立てによく似た桐の花が、赤いゲタの先にポトリと落ちてきて、それを踏まないようにそっと歩いた。

工場から、かすかに紙や染料の匂いが漂ってきた。機械の油の匂いも混っている。朝から規則的に廻っている機械の音は止っていた。

祖父の印刷工場は、戦後の焼け跡から素早く再建された。機械の部品をアチコチ苦労して集め、祖父は独力で組み立てた。祖父は根っからの技術屋で、工業大学を出ると大蔵省の造幣局に技術者として勤めたが、すぐ友人と会社を設立し、印刷技術改良を目ざしたのだ。

祖母八重は口ぐせのようにつぶやく。

「大蔵省に勤めていれば、ずっと安泰な生活が保障されていたのに、お前のじいちゃんは独立心の塊みたいな人だから……」

祖母は若い日、造幣局の女工として働いていた。大学出のエリートの祖父が女工達のため、夜学の講師を勤め、毎夜教壇で熱心に数学や化学を教えてくれたことを大切に胸にしまっていた。

「あのころのお祖父《じい》ちゃんは素敵だったよ。袴をはいていてね、背が高くて。私が一番前の席で一生懸命聞いていると、時々にっこり話しかけてくれたの。昼間の仕事で疲れて眠ってしまう女の子もいたけど、私は勉強するのがうれしかったの。貧しくて、女学校にいかせてもらえなかったから……」

祖母八重は夫矢三郎を尊敬し、献身的に尽くしていた。祖父の事業は成功し、工員もどんどん増やしていった。戦争が終わり、復員して職のない男たちが、町内の世話好きの年寄りに連れられて、休みの日などに祖父の面接を請いに来た。

そういった来客が去った静かな昼下がり、矢三郎は一人きりで実験室に籠っているのだ。実験室で咳払いが聞こえた。

戦前にドイツから輸入しておいた大切な染料を、裏庭に掘った深い防空壕に祖父は隠しておいた。それでも東京大空襲の前に、言うに言われぬ危機感を覚え、全てを埼玉県の田舎の知人に預けた。祖父の染料の小壜は焼失を免れた。

この部屋は祖父以外誰も入れない。他の者が用事で入ると、祖父の機嫌が頗《すこぶ》る悪い。実験室にいる祖父は、町工場の一経営者から化学の研究者に変身する。もっともこの姿が、祖父の本来の姿なのかもしれない。大学で続けられなかった研究の名残りを惜しむように大きな木製の机の前に立っていた。ドイツから輸入した染料を、ドイツ語の辞書を引き引き混ぜ合わせ、ビーカーの中で独自な色を作り出している。そして机の上には、手製の実験道具が所狭しと並んでいる。

私はその秘密の小部屋が好きだった。不思議な匂いと色に包まれ、わくわくするような道具がたくさんあった。祖父は溺愛していた孫の私にだけは、実験室の出入りを許していた。だから祖父の素顔を一番よく身近かに見ていたのは幼い私だけだったと思う。

白い壁際の棚に、染料の入った小壜がたくさん並んでいた。横文字のラベルの張られた壜は、祖父の宝物だった。

「戦争が終わってよかったよ。やっと欲しかった機械も手に入ったし、紙もぼつぼつ出まわるようになった。じいちゃんは、照美が大きくなっても色の変わらないきれいな色の印刷をしてみせるよ」

「虹の色がでる、虹の色が見たいよ」と私。「照美が欲しい色を出してやるよ。どんな色でも出してやるよ」

私は裏庭に咲いている桐の花の淡い紫を思った。ほんのりと甘い香りを漂わせ、若い緑の葉陰からすっくと立ちあがっている花の色。

祖父は私相手にしばし話をし、うまそうに煙草を吸った。かなりのヘビースモーカーで左手の中指は茶色に変色していた。そしてチビた〝しんせい〟がいつもその指にくっついていた。工場の経営、使用人の管理、機械の借金、そういった諸々の雑事に心安まることのない日常の、祖父にとってはわずかな休息のひとときだった。

母の美恵には兄が一人いた。母より一歳上の寛《ひろし》伯父である。祖父矢三郎は寛伯父に少なからず落胆していた。近年ますますその度合いが深まった。祖父は年子の兄妹の一方である寛伯父に対して厳格だった。長男という昔ながらの教育観もあったのだろうが、男同士の反発が強かった。しかしその反動で、娘である私の母にはとりわけ甘かった。母が嫁にいって一番がっかりしたのは祖父であり、娘が婚家先から身ごもって戻ってきた時は大喜びであったという。今では祖父の愛情は孫の私が独占している。

祖父が寛伯父に失望させられたまず第一は、戦争のため、やむなく中断させられた事業を再び興してはみたものの、跡を継いでくれると思っていた息子が大学を出るなり、民間会社にさっさと就職してしまい、伯父が祖父と一緒に工場をやる気が全くないとわかった時だ。

第二の失望は、就職して間もなく、寛伯父がもらった嫁というのが祖父にとって我慢のならない存在だったことだ。

祖父矢三郎は嫁の華子伯母の実家が、自分を騙していると怒っていた。大学の恩師の紹介ということで見合し、群馬県桐生の織物問屋の娘というふれこみで華子伯母は嫁入ってきた。祖父にとって桐生の連中が仲人も含め、斜陽の織物問屋の娘に障害者の弟がいたことを内緒にし、今もって隠し通していることに言われない侮辱を感じていた。それにもかかわらず寛伯父が嫁に夢中になっているのを、冷ややかに見ていた。祖父は寛伯父を憎み、その感情は伯父にも伝わり、二人はますます疎遠になっていった。

祖父の家の離れに、伯父夫婦は別世帯を築いて、ひっそりと住んでいた。

私は寛伯父をそんなに嫌いではなかった。なぜなら祖父と寛伯父はともに痩身で顔つき、歩き方などそっくりだった。よく寛伯父は庭で遊んでいる私を抱き上げて、頭をなでてくれた。ただしゃべる時、口をすぼめるようにして、ちょっと女っぽい声を出すところが、祖父とは似ていなかった。

華子伯母は愛くるしい美人だった。あごに艶っぽいほくろがあった。母は伯母の顔を見ると〝淫乱ぼくろ〟と陰口をたたいた。私には意味がわからなかった。離れの自室で伯母はよく鏡台の前に座っていた。その当時まだ珍しい舶来の化粧品が置いてあった。伯母は時間をかけて、丁寧に顔をいじっていた。私は子供だったので、伯母がどの程度美しかったかどうかよくわからない。色黒の祖母や私の母と比べ、伯母の皮膚はとても白かった。その艶やかな頬に、いい匂いのする化粧水を気持ちよさそうにすり込んでいた。伯母の指先はふっくらと細く、水仕事で荒れている祖母や母の手とはだいぶ違っていた。

伯父が会社に出かけた後、華子伯母は私と同じように毎日遊んでいる生活に見えた。毎朝きれいな着物に着替え、化粧に時間をかけ、お茶やお花の出稽古に出かけて行った。母は言った。あんなにたくさんの着物を持っているのに、まだ足りなくて兄にねだっている。あの着道楽は病気に近いと……。華子伯母はお稽古の仲間と、日本橋や銀座にお出かけするのも好きだった。私の母や祖母のように、家事をしたり、手が足りなければ工場を手伝ったりということは一切やらない。ある時、たまりかねた祖母が寛伯父に文句をつけに行った。少しは家のことも手伝っておくれ、女手が足りなくて、てんてこ舞いをしている、使用人の世話も手がまわらないから……と。

　伯父は困惑し切った顔で、

「母さん勘弁してやってよ。華子は今までお嬢さんでやってきたから、今さら町工場の油や騒音には慣れないんだ。そんなに急に生活を変えるのは無理だよ」と抗弁した。

　大人しい八重はそれっきり、嫁への小言は諦めた。八重自身、貧しい鉄道員の長女として、小学校を出たなり働き通し、矢三郎と結婚してからも、工場を必死で手伝って今日までやって来た。八重の頭では、働かずただぶらぶらと一日を費す人間がどうしても理解できなかった。

　祖母八重は胸中に怒りをとどめ、黙って家族や工員の面倒を見ていた。小姑にあたる私の母は、兄に対して容赦なく批判を加えた。時には二人きりの兄妹であるにもかかわらず、涙声と怒声で激しく口論し合った。いつも原因は華子伯母の行状であった。

「兄さん、華子姉さんを甘やかし過ぎている。父さん、母さんが口に出さずにもてあましているのを知らないっていうの。姉さんの暮しぶりは何なの。近所でも陰口されてるわ。昼間から琴を弾いてたり、三味線、長唄、それにお茶だ、お花だって。ちょっと留守をすれば、デパートの荷物を抱えてタクシーで帰ってくるわ。手伝いのおばさん達までひやかしているの。私は恥ずかしくって聞いていられないの。兄さんたまには説教してやってよ」

寛伯父は黙って妹の言い分を聞いている。「もうお止し、頼むから兄妹ゲンカはやめておくれ」気の弱い祖母の涙声で、母が黙るまでこのケンカは繰り返された。何かに退屈すると、華子伯母は桐生の実家に帰ってしまう。一と月位、平気で戻って来なかった。伯父が休みの度に、連れ戻しに出かけて行った。

「あんな嫁、帰って来ない方がせいせいするね」

洗い物の手を休めて、台所で祖母が溜め息をつく。絹さやの細い筋をとっていた母が、

「華子姉さん、照美のような幼い女の子のまま、大人になっちゃったのかねぇ」と久しぶりに愉快そうに笑った。寛伯父が泊りで桐生に行ってしまって、祖父母の家では言い争いや皮肉のない穏やかな時間が流れていた。

「寛兄さん、結婚する前までは、優しくて妹思いだったよね、母さん……」祖母はふんと頷き、それから急に首を振り、小さくつぶやく。「寛は、あの女の色香に惑わされているんだよ……」

母の手元のザルは、いつの間にか青い匂いの絹さやでいっぱいになり、私がこっそりいたずら

する。母はその手をぴしゃりと叩き、「照美、華子おばちゃんと仲よくしちゃいけないよ。あの女ぜったい悪い女だからね。兄さんを骨無しにして、おじいちゃん、おばあちゃんを悲しがらせて、お母ちゃんは許さないからね」

母は眉をきりりと上げ、小鼻をふくらませた。

「あの女、いつかこの家から追い出してやる」

母の闘争心は旺盛だった。

私の父は、昭和十九年に母と祝言を挙げて、すぐ兵隊にとられた。〝とられる〟という言葉が適切かどうかわからないが、母からすると、拉致同然で遠い世界に引っぱられていった思いがしたという。見合いで結婚し、よく顔も覚えないうち引き離されたので、市ヶ谷の駐屯所へ面会に行った折には、坊主頭の父の顔をあやうく見失いかけたそうだ。

昭和二十年に入ると、戦争は末期的症状になり、私が母の胎内にいるうちに、父は大陸に渡って戦闘に参加し、行方不明になってしまった。日本の本土は、B29による連日の大空襲が続き、疎開騒ぎ、本土決戦と疲れ果て、やがて八月十五日の敗戦となった。

私の父は戻って来なかった。私は父の顔を知らない。そんなわけで母は実家で私を生み、そのまま工場の手伝いなどをして、生活をしていた。子連れの一人娘を祖父母は不憫がり、再婚もさせず手元に置いていた。

　大陸からの引き揚げ船がたくさんのやつれ切った兵士を乗せ、京都の舞鶴港に着く。ラジオで氏名を発表している時、母は音の悪いそれに耳を傾け、必死な形相で聞き入っている。私がそばで話しかけても、唇の前に指を当て、しっと言って真剣なまなざしをラジオに向ける。

　父の生死がはっきりしないことが母を苦しめていた。戦死の公報が届いたが、箱の中には紙切れしか入っていなかった。どこか大陸の奥地で、雪のシベリアで、私の父は子供の待つ日本へ帰れる日を待っているのではないかと母は思っていた。

「生きて帰ってくるよ。ぜったいに……」

　市ヶ谷で別れた夫は、最後にじっと母の目を見つめて言ってくれた。だから母は、私の父の死を信じることなくいつまでも待っているのだ。

　シベリア帰還兵だという勝田修が祖父の工場に雇われたのはちょうどそんな頃だったと思う。偶然であったにせよ、父と同じ歳であり、風貌までよく似ていると、祖母や母も驚きの声を上げた。

　私は勝田をなつかしさと、憧れの思いで眺めた。

勝田はがっしりとした長身で、ひげが濃く、無口だった。飾らない人柄とまわりを畏怖する雰囲気とで、すぐに工場のリーダー格になってしまった。兵隊になる前は、相当の技術を持っていた男のようだった。

彼は過去のことは一切触れたがらず、黙々と働いていた。

久しぶりに母の表情が明るく華やぐようになった。伯父や伯母の悪口も言わなくなった。母は勝田に同情し、優しかった。勝田の中に私の父の面影を重ねていたのかもしれない。「照美、シベリアの奥では、たくさんの日本の兵隊さんが抑留されているんだって。まだまだ捕えられて、帰る日を待っている人がいるって、勝田さんが教えてくれたよ。照美の父さんもどこかで生きているといいね……」

眠りかけた私の耳元で、母の声がする。母の祈りのようでもある。

私は勝田を他の工員より特別な思いで見ていた。勝田は私を自分の子供のように扱ってくれた。カーキ色の兵隊服のポケットから、キャラメルをひょいと出してくれて、節くれた指先から一粒くれた。休憩時間になると、裏庭の桐の木の下で私としゃべってのんびりしていた。「勝田のおじちゃん、照美のお母ちゃん好き?」ませた口調で聞いてみた。大人たちが噂していることを小耳にはさんだからだ。

勝田は照れ笑いをして、キャラメルはまた明日だよと言って立ち去った。

母はめったに鏡など見なかったのに、時々自分の鏡台の覆いをめくり、鏡の中をじっと覗き、泣き笑いの百面相を一人で演じていた。

風呂から上がると、顔にウテナクリームというのを塗っていた。すべすべした肌はまだ母が十分に若い女であることを証明していた。横で見ていた私の低い鼻先にもクリームを塗ってくれた。母は今までモンペ型のズボンが活動的で働き易いと愛用していたのに、ある夜、ミシンを踏み、あっという間に古コートをフレアのたっぷり入ったスカートに作り替えた。そして工場に手伝いに行く回数がぐんと増え、母の若やいだ声が機械の音に張り合うように元気に響いていた。

勝田が来てから、母が生き生きしだしたのは、祖父母にとってうれしい出来事だった。いつしか矢三郎は経営上のことまで勝田の誠実さを信頼し相談するようになった。

祖母八重は、自分の娘が若くして戦争未亡人という名で終わらせたくないと考えていたので、二人の息が合えばどんなにか好都合であろうと思いをめぐらせていた。

母は張り切っていた。何くれとなく勝田の身のまわりの世話をしたがった。勝田の広い胸、汚れたシャツから出ている筋肉質の腕を頼もしそうに見つめた。母はたぶんあわただしく結婚し、短い新婚生活を送った私の父と勝田を重ねて思いを募らせていたのに違いない。勝田の気持ちを確かめもせず、母は一方的に恋をしていた。

ある日の夕方、母は片手に風呂敷包みを抱えて私の手を引き、近所にある勝田の下宿先へと訪ねて行った。母の足どりは浮き浮きし、薄く白粉も頬にはたいていた。母は私を連れて行くことで近所の目をごまかそうとしていた。その時、私は勝田からシベリアの凍土の話を直接聞いたのだ。とても印象に残ったのと、父への思いがより募ったのを覚えている。

勝田は母と私にこう語った。

「シベリアというところは、雪が四メートルも五メートルも高く積もる所で、下の方の雪は根雪になって、土よりも固い。寒くて寒くて、痛いくらいの寒さだ。何もかも凍ってしまう世界なんだ。仲間が飢えや、病気で死ぬとその死体を埋める穴を掘らなきゃいけないのだけれど、固くてね。やっとの思いで凍った雪を掘って掘って、体中から湯気が立つ。すると、あったんだ。凍った雪の下に。こんな小ちゃいやつさ……」

勝田は頬を紅潮させ、目をキラキラさせ、遠くを見るまなざしをした。

「何を、見つけたの……」私も母も息を呑み聞き入った。

固い固い雪の中で埋まっていたのは、小さなすみれ草だった。その蕾が、じっと雪の中で春を待っていた。

「白い雪景色の中で、わずかな緑がこんなに目にしみたことはなかった。死んだ仲間の魂が俺を生きる方へ押しやり、振るい立たせてくれたんだ。涙が止まらなかった。その時ほど生きて帰ることを強く願ったことはない」

勝田は一気にしゃべり言葉を詰まらせた。

「苦労なさったのね」母がそっとハンカチを目にあてた。

「生きて帰れたんですから、それだけで十分ですわ。この子の父親はどこでどうしているのか、戦死の公報は来たのですけれど、遺品となるものは何も手元に届きませんでした。だからかえって信じられなくて。勝田さんが先日言ってらしたわね、郷里に戻ったら、お墓があったなんてことにならないように、私達母子は待っているんですよ」

私はその時、どこか遠い大陸の雪原で、父なる人が私の名を呼び、薄紫のすみれの花を一輪かざして手招きしている幻を見た。

父の声は深く深く私の耳元に響いていた。

外が暗くなり、思わず長居した母が、そろそろ心残りな様子で腰を上げると、勝田はオレンジ色の電灯をつけた。母は持参した風呂敷包みをほどき、中から仕立てのよい上着を取り出した。

「この上着、主人のでしたが、あなたにぴったりのようですから、よろしかったら着ていただけないでしょうか……」

恐縮する勝田の顔をうれしそうに見やって母はいとまを告げた。

華子伯母が桐生から帰って来ていた。妊娠していたので伯父は以前にも増して、彼女の我儘を許していた。私が離れの近くを通りかかった時、何が原因だか知らないが、伯母はヒステリーを起こし、そばにいた伯父を平手でピシャピシャ叩いていた。伯父は気弱な笑みを浮かべて、されるままになっていた。

私は驚ろいて、台所にいる祖母や母の所へそのことを伝えに走った。

「おじちゃんがたいへんだぁ」と息を弾ませ報告すると、母は冷たく「夫婦げんかは犬も喰わない。ほっとけ、ほっとけ」と背中を向けたまま話も聞かない。祖母も表情一つ変えず食事の仕度に余念がない。

華子伯母は離れで寝ていることが多くなった。ほんとうに具合が悪そうだ。顔色がよくない。元気もなく、そうこうしているうちに、せっかく授かった赤ン坊を流産してしまった。母は手厳しく批判した。

「当り前だ、わがまま放題で何もしないで寝てばかりいるんだから。つわりがひどいといったって、初めの子は誰だって重いものよ。大体、あの女に赤ン坊なんて育てられるわけないじゃない。自分が子供っぽくてしょうがないんだもの」

そんなふうに言われる華子伯母を私はかわいそうだと思った。伯母はほとんど寝込んでばかりになった。大好きな外出もしなくなった。伯父が仕事で出張が多くなり、一人残された伯母は離れでポツンとしていた。

勝田が生まれたばかりの小さな子猫を拾って来た。

「照美ちゃん、ほら抱いてごらん」私は歓声をあげ、小踊りした。小さな小さな生まれたての猫。

「けさ、工場の堀の溝の所に捨てられていたんだよ」

勝田は上着の内側から魔法のようにフニャフニャした目もあいていない猫を取り出した。

「うわぁ、かわいい。照美に抱かせて……」私は小さな固まりを胸に抱かせてもらった。

母は猫が大嫌いだった。庭などを通過するノラ猫を必要以上に毛嫌いして追い立てた。だから私は猫を抱きたくても近づくことさえできなかった。こうして実際に触れたのは初めてだった。

「勝田のおじちゃん、照美この猫欲しいよ」

母に内緒で、勝田とこっそり共謀し猫を飼うことにした。どうやって育てようかと話していると、二人の背後に人の気配がして、華子伯母が立っていた。

「子猫の鳴き声がしたので来てみたの。驚ろかせてごめんなさいね」

白い夕顔の花のように伯母は立っていた。長い黒髪がゆったりと肩先まで垂れ、いい匂いのする風が吹いてきたようだった。伯母は目をキラキラさせて、私と勝田の秘密の輪の中に加わった。

「いい考えがあるわ。私の離れでこっそり飼ってあげる。照美ちゃんは木戸からそっと来ることができるし……」

伯母は二人の顔を見くらべて、にっこりほほえんだ。ひさしぶりに伯母の顔に笑いが広ろがり、瞳が輝いた。

勝田は魂が脱けたように伯母の後ろ姿をぼんやりと見送っていた。

ずい分長い時間が経って、私がすっかり大人になって気がついたことだが、子猫と私が勝田と伯母を結びつけてしまった。

これから起こる恐しい事件も辿っていけば、私にも原因があった。残念ながら私はあの時、小さな女の子だったので、大人の心の不思議さは推し量るすべがなかった。

西陽が射し込む勝田の部屋の縁先で、私は奇妙にも美しい光景を見てしまった。子猫を追いかけて工場近くに住む勝田の家まで偶然足が向いてしまったのだ。子供らしい声を上げて突然二人の前に現われるのは、不自然な気がしてためらわれた。私は簡単なくぐり戸の陰に身を潜めた。唇をかみしめて、地面の小石を拾っていた。

子猫は華子伯母によくなついている。するっと走って行って勝田と並んでいる伯母の膝の上に乗った。伯母のほくろに夕日が当たり、端正な横顔がよけいくっきりとしていた。勝田は黙って伯母の横顔を見つめている。二人はいつまでも黙っている。そしてなごやかで優しい微笑が二人の口元に残っていた。もしこの場に母がいたら、きっと二人の親密な雰囲気にがっかりし、そしてくやしがるだろうなとふと思った。

私はそっとその場を離れた。握りしめた小石の捨て場所に困った。音を立てたくなかった。小石は掌の中で汗ばんでいた。自分だけが仲間はずれにあったような変にさびしい腹立たしさと胸騒ぎがあった。

家に戻ってしょんぼりと母の横に座った。鼻歌混じりで母はミシンを踏んでいた。ラジオから「君の名は」が流れてくる。母はこのドラマが大好きだった。

食事が終わって、祖父と風呂に入る。私は祖父に夕方目撃したことを告げ口したい気になった。それはいいことか悪いことかわからなかったが、勝田を伯母にとられてしまったという幼い嫉妬がさせたのかもしれない。

「おじいちゃん、勝田さんてお嫁さんもらわないの。華子伯母ちゃんとばかり仲よくして、二人で遊んでいるもん」

石ケンを泡だてながら、祖父はにがにがしそうな顔をした。すでに近所では二人の噂は囁きを通り越して、祖父の耳に入ってきていた。わざわざ今日は若奥さん、何回やってきましたよなどと注進にくる者さえある。心の中で矢三郎は困惑し、息子寛の不甲斐なさに胃が痛くなるのだが、あえて黙殺していた。

しばらくして、大変なことが起こってしまった。

祖父の実験室から厳重に保管してあった劇薬の小壜が一つ消えてしまったのだ。矢三郎はあわてた。不安は次第にふくらみ誰にも言わず隅々まで捜して廻った。

風の強い日だった。

勝田が無断で欠勤した。年配の工員がにやにやしながら祖父に告げにきた。

「社長さん、なんなら俺が一つ寝こみを襲ってきましょうか。御近所さんで勝田と若奥さんのこと知らない者はいませんぜ。ヘッヘッ」

祖父矢三郎は怒りで体が震えた。それと同時に嫌な予感に襲われた。勝田だ、実験室の薬を盗んだのは、あいつしかいない。心を許して鍵を渡したこともあった。勝田と華子は死ぬつもりだ。

風に逆らって恐しい表情で祖父は走った。急を聞いて、工場の人々と母もその後を追った。工員の誰かが面白がって母に知らせにきたのだ。他人の不幸は蜜の味がするという、その場に駆けつけた大人達の半分はそんな気分だった。

勝田の家のガラス戸を蹴破るように祖父が入った。

縁先に子猫が死んでいた。

私の子猫を二人は道連れにしたのだ。口から血を吐いていた。

その横で二人はふとんを敷き、眠っていた。

祖父の失くなった小壜がころがっていた。服毒していたのだ。

「この売女《ばいた》！」祖父は目をつり上げ、華子伯母の髪を把み、力いっぱい引きずり出した。伯母の体はぐったりし、声も出ず濡れた人形のようだ。その時着物の裾が割れ、真っ白な大腿が見えた。そこには凍りついた紫色の花が咲き散っていた。勝田が話していた凍土の下のすみれに見えた。その斑点は伯母のふくよかな胸にも咲いて大きな涙の粒のようだった。

勝田もほとんど息をしていなかった。

「お前たちは、なんてことをしてくれた」

怒りで呼吸を乱しながら、祖父は昂《たかぶ》って仁王のように立っていた。

たくさんの人々が現われ、怒声や悲鳴が飛び交った。二人はどこかへ運び出された。

母の哀し気な泣き声がいつまでも風の中に尾を引いていた。父の戦死の公報が届いた時より哀し気であった。

祖父の発見が早く、二人は一命をとりとめた。その後、勝田は工場を去り行方がわからない。寛伯父は、華子伯母を連れて、祖父の離れから出て行った。住人のいなくなった空っぽの離れをそうじしながら、祖母の深い吐息が聞こえてくる。

実験室の劇薬を勝田に頼まれてこっそり盗み出したのは、他でもない私だった。きれいな染料の小壜だと思っていて、毒薬なんて知らなかった。私は勝田を父のように慕っていた。勝田は優しく広い背中におんぶしてくれたり、子猫と遊んでくれたりした。でも勝田の心にしっかりすみついたのは、華子伯母しかいなかったのだ。

凍土のすみれを生きる糧にしたはずの勝田が、伯母の大腿に死の花を咲かせた。私はいっぺんに大好きな人々を失った。

桐の葉が乾いた音を立て、裏庭に舞い落ちる。私の赤いカッコの足元に茶色く変色して落ちてくる。

私は誰かを待っている。でも誰を待っているのだろう。耳をじっと澄ませても、父の声はもはや聞こえてこない。

不幸なタンポポ

ＪＲ田町駅の西口で下車して、三田方面に向って、ごみごみした飲食街の狭い道路を私は歩く。十一月初旬の雨を含んだ湿った風が、ビルの隙間を吹き抜ける。なぜか突き動かされるような思いが私の胸の中にあった。

慶應大学のある三田の丘に向って、ひとまず歩を進めよう。有名な大学がある街なのに、私はこの街に初めて来たのだ。

従姉《いとこ》の浩子が自死してから、もう三十年近くなろうとしている。

不幸な死に方をした私の血縁。つまり生き方の下手な私の血に繋る者への鎮魂といったらいいのだろうか。時が経てば、全てが忘れ去られてしまう。私の記憶にしたところで、どんどん風化していくだろう。

私は彼女の面影を辿り、彼女が生前、背中を丸めるようにして歩いたであろう道や、住んでいた場所を訪ねてみようと思い立った。

私には女の姉妹がいなかった。だから育つ時は、彼女を姉のように思っていた。その気持ちは今も変わらない。

浩子姉と最後に会った場面を思い出す。永遠の別れになろうとは気づきもせず、あわただしく別れた。

こうして三十年経っても、その時のことが悲しくて棘のように胸に刺さっている。

京浜東北線大森駅のホーム上だった。

浩子姉は結婚して三年目くらいだったろうか、とても痩せていた。私がもう少し大人で、人間を見る目があったなら、やつれていたと表現した方が適切であったかもしれない。

あれ、浩子姉ってこんなに身長が高かったんだ。

痩せて肩が薄くなった彼女は、質の良いオーバーコートを着てホームの上に立っていた。でもなぜか寒そうにコートの衿を立てていた。上り電車がホームにすべり込んでくるほんの数分、わずかな会話をした。彼女が亡くなった今では、私しか覚えていない会話だ。

「和美、どこへ行くの」

少し甲高くて舌足らずな声がした。私達は偶然に出会い、向い合った。その時、彼女はこれから急いで婚家先へ帰るところだ、夕方の仕事が始まるから。田町の駅に近いから、遊びにおいでよと口早やに話した。その話し方は、少女のころと少しも変わってはいなかった。彼女はよほど急いでいたのか私の近況を聞きもしなかった。寂し気なほほ笑みを浮かべ、すべり込んできた上り電車のドアに消えていった。

本当にその瞬間、不幸な花のような笑顔が目に焼きついた。私は浩子姉が幸せでないと直感した。その時突然、不幸な者同士の共感に胸が締めつけられた。

浩子姉とは幼い頃から同じ敷地で姉妹のようにして育った。

伯父の家には四人の従兄弟《いとこ》達がいた。長女は才気に溢れ、美人の評判が高く、ＪＡＬのスチュワーデス第二期生として、華々しく乗務していた。その長姉の陰でいつも隠れるように育っていた浩子姉だった。人の良さそうな下がり眉、よく肥っていていつも面白そうにころころ笑っていた。

浩子姉が女子高生だった頃、はちきれそうな豊満な胸をセーラー服に包み、薄いカバンをヒラヒラさせて、日劇ロカビリーに出演する「平尾まさあき・山下圭二郎」などに熱を上げていた。楽屋の入口に見張っていて、ミッキー・カーチスに投げキッスされたわ、うれしい……と言って、飛ぶように帰宅して大騒ぎだった。

伯父の家は生花業を営み、商売熱心な伯母の力で店はよく繁盛し、日銭がどんどん入ってきた。従兄弟達に買い与える物は、サラリーマン家庭のわが家とは比べようもない派手なものだった。浩子姉の二人の弟達は、十八歳になると高級なスポーツカーを乗り回し、伯父の家は車好きな青少年の溜り場になった。

しばらくして、私達一家は、父の転勤で新築したばかりの家を他人に貸し、長崎へ引っ越して行った。

高校時代を長崎で過ごした私は、四年後、上京し、伯父の家から大学受験した。運よく合格し、伯父の家でほっと羽を伸ばしている時、浩子姉の婚約者という男と一度だけ会ったことがある。

浩子姉の結婚話は、生花店を営む伯父の家の上客である生花の先生より持ち込まれた。大田区では有名な植木屋の親戚が芝で風呂屋をやっている。その夫婦には子供がないため、植木屋の次男坊を養子としてもらった。その一人息子の嫁を捜しているというのだ。

浩子姉は年ごろだったので見合いをした。この話に伯母は俄然乗り気になった。あのD園といえば、バスの停留所にもなっている由緒ある植木屋だ。そこと縁戚になれば自分の生花店の格も上がる。戦後焼け跡の露店からスタートした苦労がやっと報われる。芝にある風呂屋の敷地もたいそう広いそうだ。黙って十数年働けば、財産は若い者のものになるだろう。

伯母は金銭勘定に関しては猛烈に頭が働く。客を見て値段を決めてしまうような商売をしているので、娘の結婚も、おつりがくるほどでなければならないと計算した。美人の長女を平凡なサラリーマンと結婚させてしまったので、伯母の心中は安らかではなかった。次女こそ、今度はまちがいなく憧れの金持ちの世界へと足を踏み入れさせるのだ。

伯母の欲望が浩子姉の肩に重くのしかかった。でも肝腎な浩子姉は、相手に対して不満だった。それは彼女の浮かぬ顔つきが証明していた。

二十五歳だというその婚約者は、表情の乏しい暗い感じの青年だった。慶応大学の経済を出ておりながら、親の家業の風呂屋を継ぐという覇気のない若者だった。私も浩子姉も若い娘の直感でそう感じていた。

私は自分が大学に受かったばかりで舞い上がっていた。大好きな文学をこれから思う存分やれるし、希望で胸がいっぱいで、将来は編集者か大忙しの作家になり、好きなだけ書きまくるのだと子供じみた夢の世界に溺れていた。

浩子姉の婚約者と大学の話をほんの少しだけした。

商売人の伯父の一家は、大学を経験した者は一人もいなかった。その知的な話題のない家族に、彼はなじめなかったのか、一歩玄関を出るなり、冗舌になった。その口ぶりからは伯父一家に対する軽蔑が露骨だった。

私は彼とふたこと、みこと今読んでいる本の話をした。その傍らで浩子姉が退屈でつまらなそうな顔をした。こんなに共通する話題のない恋人同士っているのだろうかと私は生意気にも二人の組合わせを危惧したものだ。

しかし自分の両親を身近かに見ているので、日常を共にするうち共通の話題もでてくるのだろうと思ったりした。私の両親も性格が水と油で、父は全く面白味のない退屈な男である。家に帰って来てもとり立てて話題もない。あるとすれば上司の悪口くらい。いつも不機嫌そうにしているので、何を話してよいのやら、本当に新婚時代は息苦しくて困ったと、おしゃべりで多趣味な母は、よくこぼしていた。

いやいやながら浩子姉は結婚した。資産家の風呂屋はケチでしまり屋だった。実家での華美で気楽な生活から一変し、朗らかでよく太っていた浩子姉は、数カ月でみるみるうちに痩せてしまった。

婚家先の風呂屋一家は、彼女をただ働きの従業員代りとして扱った。こき使われたのか、率先して働いていたかはわからぬ。彼女は妊娠中も朝から晩までよく働いたらしい。背が高いので、腹が産み月になるまで客に知られなかったという。

しかし風呂屋は時代の波をかぶり、廃業へと追い込まれて行く。経済を学んだ夫は、風呂屋稼業を継ぐことに満足していなかった。

八階建のマンションを建設し、そのオーナーになる計画を立てた。

マンション建設中、仮り住いとして近所の賃貸マンションの狭い一室に一家が一日中いっしょに暮すことになった。口うるさい姑と朝から晩までずっといっしょにいた。風呂屋を営業していた時は、番台に上がって客と話をしていれば気が紛れたのだが……。

悲劇はそんな環境で起こった。

三歳と七歳の子供を残して、彼女は逝った。何もかも嫌になる時はあるものだが、その日彼女は魔にとりつかれた。

七歳の男の子を連れて外出から戻り、喉の乾きを訴える息子のために、冷蔵庫から、冷えた牛乳を取り出して飲ませようとした。すると横合いからいつものように姑が口を出した。温めて飲ませたらどう……。

浩子は顔をこわばらせた。自分が何かしようとするとすぐ忠告やら口をはさむ姑。ずっと我慢してきた。何年も……。

「私なんか居なければいいんだわ」

浩子は上ずった悲鳴に近い叫び声を上げ、突然ベランダに向って走った。実は彼女が死んでやると叫んだのはその日が初めてではなかったのだそうだ。

ベランダの手すりに半分身を乗り出し、瞬時ためらっていたが、ヒョイと手を放し、空へ飛び立っていってしまった。

姑も、息子もその時、時間が止ったように感ぜられた。

家族の誰もが彼女が本気で死んでしまうとは思っていなかった。例のヒステリーがまた起きた、ほっとけば外で頭が冷えて、室内に戻ってくると高をくくっていた。

鈍い音と、最後の言葉だけが空中を漂っていた。

「私なんか居なければよかった……」

浩子姉よ、人生すべてを否定してしまいそんなにも早くあちらの世界へ駆けていってしまうなんて。私は彼女の生を気の毒に思う。傷ましいと思う。彼女を救ってやる方法がなかったのだろうか。

強い精神力とか信念に欠けているのが、私の一族の弱味である。私の心はやり場のない憤りと悲しみに満たされる。

浩子姉の葬式の時、一族の代表の者が故人の婚家先へ骨を分けてくれともらいに行った。皆で集まって怒っていたことを思い出す。自殺しようとサインを出していたのに止めてくれなかった。浩子を見殺しにされたと……。婚家先の冷たい仕打ちに、浩子が死に追いやられたと……。伯父一家は、相手である婚家先を憎んだ。

彼女が死をもって追い詰めていったのは、何だったのだろう。

伯母はわかっていたのだろうか。伯母は自分の欲の犠牲に娘を使ってしまったことを悔いているのだろうか。深い絶望が彼女の心をむしばむ折々、彼女は実家に戻りたいと何度も訴えてきていた。その度に伯母は、我慢を強要した。かわいそうに、彼女は行く場所がなかった。ほっと安らぐ場は〝死〟だけだった。

他に生きる方法を考えられなかったのだろうか。享楽的に過ごした前半生で、彼女は学ぶ経験を積まなかったのか。いろいろな人生があるということを……。

「あの子、思い詰めると一つのことに突き進んでしまうの。本を読まない性質だったから」

美しい姉が涙でぬれた目で私に語った。本の中にはたくさんの人生があった。いろんな人生が、雑多な生き方を教えてくれた。実体験ではないが、選択の方法を示唆してくれた。

最後の別れの風景が、浩子姉の寂しい後ろ姿とともに、脳裏に焼きついている。

その時、私もみじめで希望のない顔つきをしていた。大学生活も終わろうとしていた頃、下宿の大家から部屋を空けてくれと急に言われた。一カ月したら出ていってくれと……。

そのころ女子大生は就職難で級友の大部分は郷里に帰って花嫁修業だ。新聞広告で見つけた神田にある小さな出版社を受けて、断りの連絡が来たばかりだった。

放送局も、大手出版社も受けるところは全てダメだった。自宅通勤者に限ると言われ、面接さえもできなかった。

三月が近づいてくるというのに就職先も見つからず、私の将来は全く開けていなかった。まずは、住む所を捜さねばならない。私は焦っていた。

大森には両親の建てた小さな家がある。四月から大学生になる弟と一緒に住むために新規の下宿を捜すより、その家に戻ろうと考えた。実のところ、敷金とか礼金のお金がなかったのだ。

私は借家人に事情を話し、一カ月後に出ていって欲しい旨を告げるために、その日、大森駅に下車したのだ。肌寒い日だった。桜のつぼみもまだ固く、ホーム上でのわずかな立ち話で、浩子姉と永久の別れをしてしまった。

ゆっくり話もできなかった。私は若くて心の余裕がなかった。目の前の自分の不幸にばかり心を奪われ、相手のことまで思いやれなかった。今思えば浩子姉もそうだったに違いない。疲れて困惑している私を見ても、優しい言葉をかけてはくれなかった。悲しい別れの瞬間しかもてなかったことが今にして悔しい。

飲食街から慶大正門にぶつかり、三田通りの十字路の角に、大阪屋という和菓子屋があった。亡き浩子姉と食べるつもりで、わらび餅と栗かのこを三つばかり買った。三十代位の女店員が箱を包装してくれた。バッグからサイフを出しつつ、尋ねてみた。

「つかぬことをお聞きしますが、この辺にお風呂屋はなかったでしょうか。現在廃業してビルになってしまったと聞いたのですが」

店員は首を傾け、ちょうど奥から盆を持って入って来た年配の店員に再び尋ねてくれた。

「風呂屋ならしじり坂に一軒。中通り商店街に一軒。みんな今じゃやってないわよ」

「おばちゃん、いやだ、ひじり坂よ」と若い方。

れた。

「そうだね、聖坂のは三年前に駐車場になってしまったよ」

「そうそう、ビルに変えたのは中通り商店街にあった風呂屋だよ。ここから三本目の信号ね。あれを右に折れ、芝信用金庫の横の道を入って行くと、左側にビルがあるはず」と親切に教えてくれた。

慶応大学の三田キャンパスに沿って、そこだけ緑深い丘になっている。東京タワーがぐっと迫ってくる。私は芝の方角へ歩いていく。和菓子屋に教わったとおり、三本目の信号を渡った。商店街といってもさびれた通りだ。地上げにあった空き地の多い道路である。新しい店舗といえば弁当屋とか居酒屋とか華美な旗がひらめいている。

なるべく古めかしい商店を捜す。あった、尾張屋と看板が出ているモルタルの外壁が灰色にくすんだ酒屋があった。酒屋ならこの街に古くから商売しているだろう。

サッシの戸の脇に、小さなカウンターが出ている。もちろん内側のガラス窓は閉っているのだが、コップ酒一杯百円と黄ばんだ紙が小さく張ってある。

仕事帰りにここに立ち寄り、疲れた気分を吹き飛ばすように一杯だけコップ酒を飲んで立ち去る人々のための棚なのだ。

ガタピシする戸を開け、店のレジにいる主人らしき男に尋ねてみた。

「この近くに風呂屋はなかったでしょうか。もうずっと昔に廃業したって聞いてはいるのですが……」と。

人の好さそうな主人は、気軽にうなずいて、首を伸ばし、ガラス戸から見える店の斜め前の青いビルを指した。

「ああ、風呂屋さんなら、あのビル、あそこが昔その敷地になっていましたよ。平成元年に元いた人達は、引っ越していったと思います。どこへ移られたか行き先は聞いていませんが。あっ、何でしたら、町会長さんに聞きに行ってみましょうか。電話番号位ならわかるかもしれませんねぇ」

古い住人達はとても親切である。ゆかりの者が跡地を訪れ、行き先を尋ねていると思ったらしい。

「ありがとうございます。ただなつかしかったもので」と、その店をあとにした。

車の通りの少ない道路を横切る。

青いカラーで塗られた建物があった。

「住友不動産田町ビル」

銀色のメタリックな看板文字がそう読みとれた。二、三百坪以上あるだろうか。

正面から奥をのぞいてみる。突き当りにエレベーターが見える。受付の女性が不思議そうに私を見ている。多少恥ずかしくもあり、入口から入っていくのをためらった。裏へまわろうと思い、細い脇の露地に足を踏み入れた。

青いビルの横にタンポポが二輪、わずかな地面に緑の葉を広げ、鮮かに咲いていた。晩秋の風に、ひっそりと息を殺すように咲いている。

私は思わず手折った。つぶらな瞳のような可憐さだった。灰色の街角にそこだけ暖い日差しが落ちてくるようだった。

ああ、これはまるっきり伊東静雄の世界だ。

〝手にふるる野花は　それを摘み　花と自らを支えつつ　歩みをはこべ〟

私はタンポポを手にして、青いビルのまわりをゆっくりと歩いた。

浩子姉、やっと来たよ。長い年月が経ってしまったけれど……。

ビルの裏手は刈り取ったばかりの雑草の匂いがした。北側の裏の土地も一区画、空地になっていた。

「管財人、管理地。用のない者立ち入るべからず」との真新しい立て札が立っていて、針金でグルリと周囲を囲まれていた。その空地の横には、妙になつかしい昭和三十年代のくすんだ家屋が崩れそうに建っていた。

タンポポを角の楚石の上にそっと置いた。和菓子も添えた。

〝会いに来たよ〟

昔、ここにあった風呂屋の番台で、不幸せな浩子姉が座っていた。深く絶望へ向って飛び、三十四歳の短い一生を終えた。浩子姉は、一輪のタンポポに姿を変え、私の訪れを待っていた。ひっそりと黙して。

安らかに、安らかに。

私は祈り終え、歩道を踏みしめて歩く。涙の壺から涙が溢れそうになる。八階から飛び降りたなんて。その場所がどこだかわからない。

何も知らない人々が足早やに通り過ぎて行く。

さびれかけた商店街は、昼のランチタイムというのにシンとしている。

私はあなたのことを忘れない。皆が忘れてしまっても覚えているからね。

浩子姉、あんまりにも短絡すぎたね。人生はやり直しだってきくのに。ちょっとだけ誰かに話して、ひと休みだってする方法もあったよ。すぐ死んでしまうなんて。ぜったいにあなたはばかだよ。誰が何といったってばかだよ。

私は青い建物を振り仰ぐ。

風呂屋の跡地に建っているビルは、浩子姉の墓標に見えた。

木に登る少女

木に登るのが好きだった。

昭和二十年代の終わり頃、私が少女時代を過ごした家の隣地には、地主が植えた松林があった。私はよくその松林に入り込み、私の家の一番すぐ近くにある松の木に登った。私の家の屋根が手の届く位置にあり、またその木が登り易かったのだ。

濃い緑の尖った葉先は、松特有の強い匂いを放っていた。

枝は鱗のような幹の左右に、私が手足を順に運ぶのに都合よく交互に伸びていた。

第一段目の一番下の枝に取りつくためには、ちょっとしたテクニックがいった。しかし私は幼いながら、何度も工夫して素速く上手に登ることができた。あとはするすると手足の動くまま無心に上を目ざせばよかった。

風が頭上で鳴っている。松の葉先がざわめく。高い所、そして広い空。

空に近いという解放感が、私の心をうっとりと慰める。素足をブラブラとさせて、片手で枝を摑み鳥のように木のてっぺんに止っている。

下の方で、木に登っている私を見つけて、弟が心配そうに見守っている。私のズック靴と私を見較べて、母に告げに行こうかどうか彼は迷っている。神経質で臆病な弟は、まもなく母に告げ口に行くだろう。母はすぐ家から飛び出してきて、屋根越しに見え隠れする私に向かって、大声で怒鳴るだろう。

ほんの束の間だけれど、私は一人の幸福感を十分味わっている。はるか家々の屋根が下に見え、遠くの大通りや名古屋の賑やかな市街が春霞にかすんで見えた。私はどうして高い松の梢に、まるで小鳥のように止まっていたのだろう。悲しいこと、うれしいこと、何かあると私は木の上にいた。

そしてあるできごとを境にして、私は二度と木登りを止めてしまったのだ。今ではもう高い木に登れたことさえ忘れようとしている。

私は幼稚園が嫌いだった。行きたくなかった。幼稚園にいる時間が苦痛だった。私の気持ちを理解してくれない母は、私を毎日乱暴な小動物の集団に放り込んだ。

その集団にはボスがいて、私には考えられない行動をとり、弱い子をいじめた。私は勇君《いさむ》の狂暴な振る舞いにいつも脅えていた。やりたくもないお遊戯の踊りが済み、五、六人ずつのグループで昼食の弁当を広げる。

その時、小鬼の化身の勇君は、意地悪な目つきでその日のターゲットを捜す。

隣に座る子を叩いたり、こっそりつねるのは日常の儀式だった。その日私は幸いなことに勇君の手の届かない場所に座れた。私はうつむき、なるべく彼の目を見ないように弁当を広げた。前歯が二本抜けた穴から、勇君の麦飯がぽろぽろこぼれた。隣りに運悪く座っていたミチコちゃんが、ちょっと横を向いた隙に、勇君は口に含んでいた食べ物を、ペッとミチコちゃんのお茶のカップに吐き出した。そしてニヤリと笑った。ミチコちゃんは、濁ったお茶をズズと飲んだ。私はゾッとして、気分が悪くなり、自分のお茶をもどしそうになった。そして母が作った弁当をほとんど残してしまった。

担任の浅野先生は腺病質な優しい女の人だったけれど、勇君のはてしない暴力を野放しにしていた。私はいつも思っていた。自由になりたい。幼稚園に行かずに、木登りだけしていたい。弟のように母と家で遊んでいたい。狭いオリの中でいつも心細く私はふるえていた。

お迎えの時間が来て、母が小さい弟を連れ、園の門の所に現れると、私の苦役の時間は終了するのだった。

幼稚園最後の年。雪がたくさん積もった。私は先生に頼んで一人園庭に出た。いじめっ子の勇君から少しでも離れたかったから……。

大きなぼたん雪が朝から降り続き、すっかり周囲の景色を変えていた。私は夢中で小さな雪だるまを作り出した。いくつもいくつも時を忘れて作った。一つ一つ全部表情を変えた。笑ったり、唄ったり、怒ったり、泣いたり、雪だるまの顔は一つとして同じものはなく、雪の日の小さな子供たちのように私に語りかけてきた。母が迎えに来たことも気づかず夢中になって時を忘れた。毛糸の帽子も手袋も雪でぬれて湿っていた。

幼稚園の隣りに木造の古びた二階屋があった。兵舎のような殺風景な建物だった。そこには大勢の子供達がいた。

名古屋市内の空襲で親を失くした戦災孤児達を、篤志家の園長が育てているのだ。どの子もカーキ色のみすぼらしい服を着せられ、三、四人ずつかたまって園に来る人達を見ていた。なぜか視線がこわかった。勇君と同じ暗い目の光をしていた。

「みなし児たち……」と母は哀れんだ口調で彼らを見た。そして私に孤児達の話をするのだった。

「あんたがお腹にいた時、上野の地下道は、家を焼かれた孤児で溢れていたわよ。四、五歳の子供でも生きるために物乞いをするの。追い払っても追い払っても何かくれとついてきた。真っ黒な手足をして、目を光らせて恐ろしかったわ」

勇君はお迎えがある子をいじめた。母と私が手をつないで帰る姿をいつも悔しそうにじっと見ていた。

母が戦争中の食べ物の話を帰り道にしてくれる。私を妊娠していた時、食べ物が日本中欠乏していて、芋の茎まで食べた。道路のアスファルトをはがして、畑に耕した。体力のある男達は、田舎まで行って物資を運ぶ担ぎ屋をやった。汽車は屋根まで人が乗って、食糧を手に入れるまで必死だった。闇市というのが流行ったの。皆お腹をすかせていて、食べることに毎日追われた……。

母の述懐が終わると、私は喉の奥の方にひりつくような乾きを覚える。栄養失調で死んでいった赤ちゃんの飢餓感が迫ってくる……。

私はみなし児にはならなかった。でもしわだらけの顔で死んでいった赤ちゃんに、一歩違えばなっていたのかもしれない。弱々しい声で泣いていたかも……。

私が赤ん坊のころ、母の乳は出なくて、山羊の乳を疎開先の遠くの村までもらいに行ったと、大好きな優しい祖母から聞いた。赤ん坊用の配給は優先されたから、手分けして並んで粉ミルクを手に入れたと。私は母の乳の代わりに、オモユや、ブドウ糖やいろんな代用品で育てられた。

山羊の乳の青くさい草の味を舌の先が思い出した。

「あんたは、二歳近くまで歩けなかった。きっと栄養失調のせいだと思う」

母は事もなげに言う。いつも幼稚園で勇君に突き飛ばされ、サッと走って逃げられないのは、足が遅いせいだ。人より足が弱いのだと思い込んでいた。細くやせた足をしみじみ眺めた。

私が生まれて初めてチョコレートの味を覚えたのは、進駐軍に勤めていた叔父が米兵からもらったハーシーの板チョコだった。

三歳くらいの時、まだ甘味を知らない私の脳髄をそれは直撃した。

チョコレート。モット、モット。タベタイ。

幼い姪が余りに喜ぶので叔父は不憫に思ったらしく米兵と交換できる物があれば、チョコレートと換えた。ハーシーのチョコレートの味は、アメリカの味だった。今でも懐かしく思い出す。大好きなチョコレートが、目の前に豊富に並ぶようになったのはいつのころだったろう。

昭和二十五年、「朝鮮特需」の頃だったか。

隣りの国で戦争があったお陰で、父の会社は息を吹き返し、金偏《かねへん》景気で儲かってしかたがなくなった。営業マンの父の元には、地金屋さんからの到来物が殺到した。その中には、美しい金銀の紙に包装されたチョコレートの箱があった。

若い両親は、敗戦後の何もない時期を経験し、三十代を日本経済の再生復活の中で過ごした。会社からは、一カ月に二、三度給料をもらうので、物が出始めたばかりなのに、どんどん流行の製品を買ってしまう軽率さだった。

アメリカから電気洗濯機が輸入された。丸いドラム缶型のものだった。一年もしないうちに、松下電気が国産第一号の試作品を創った。

両親は、さっそく注文して購入した。社宅中の主婦が珍しがって見物に来た。女達が見守る中で、母は私の汚いパンツを洗ってみせ、得意顔でほほ笑んでいた。

テレビもわが家にはすぐ出現した。NHKが初めて夕方試験放送を受像機に流していた一時期、その写りの悪い白黒の画像を見ていたものだ。

若い都会育ちの母は、繁華街へ買物に出かけるのが好きだった。桜山という所から、バスに乗って名古屋市内の目抜き通りまで行くのだ。母は東京生まれの東京育ち、今で言うところのシティガールなので外食が好きだった。

冬になると、私はフェルトのつば広の帽子をかぶせられ、赤い皮靴を履かせられた。初めのうち、皮靴に足がなじまずブカブカで、すぐマメができたり、痛くなったりした。

外出することで、何より苦痛なのは、バスに乗ること。私は乗り物にすぐ酔った。フェルトの帽子に、お出かけ用の服は私を窮屈にし、帽子のゴムは、喉に食い込んで、生ま唾が上がってきた。

デパートの食堂で、お子様ランチとメロンソーダを飲んで帰った時など、ソーダのタンサンが胃の中で巨大にふくれ上がっていった。

子供の頃は我慢しなければならないことが多過ぎたのはなぜだろう。私が人一倍シンボウ強いわけでもあるまいが……。

母は私に文字を教えてくれなかった。小学校に入学すればどうせ習うのだから、余計な知識は与えない方が良いと、何かの雑誌あたりで読んだのだろう。

そのことが正しかったかどうかはわからぬ。ただ私にとっては、迷惑至極な話だった。

小学校に入学した。あの勇君からのいじめ攻撃から解放された。幸いたくさんあるクラスが違って、彼の顔を見ないで済むようになった。うれしかった。ほっとした。

入学してすぐ、靴箱の名前を読むのに苦労した。教室に入ると、自分の名前が貼ってあった。文字の形をその日のうちに覚えた。

乾いた土に水が染み込むように、文字を覚えた。教科書の五十音、ひらがな、かたかな、必死で記憶した。

寝言でさえ、国語の教科書を暗唱した。それほど、文字は新鮮だった。しばらくすると、簡単な漢字がでてきた。象形文字に端を発するその優美な形は、ますます私の気に入った。

読むことの喜びは、七歳の夏に知った。〝天啓のような〟という形容があてはまる偶然からだった。

社宅の私道の西側に、大きな二階建の邸宅があった。黒っぽい板塀がところどころ壊れていて、その破れ目から、三歳年長の直子ちゃんという活発な女の子が往来していた。もちろん私も彼女の家に遊びに行ったが、正式の門から出入りしたことがなかった。

板塀の周辺は、いつもじめじめしていて、どくだみがたくさん繁っていた。直子ちゃんの家に行くためには、塀に体を寄せつける。するとどくだみのいやな匂いが衣服に触れて、いつまでも取れなかった。西陽の射しかけた路地に、とかげがちょろっとのぞいたりした。

せっかく仲良しになった直子ちゃんなのに、夏を前に引越していってしまった。トラックが来て、乗る前に、直子ちゃんは別れを告げに来た。大きな目に涙がゆれて、おかっぱの髪が塀の向こうに消えていった。

お別れの記念にということで彼女のお母さんがみかん箱に詰めた読み古しの本を持ってきた。長い長い七歳の夏。箱いっぱいの本が私のものになった。夢のようだった。熱病を患った病人のようにひたすら箱を小脇に置き読み耽った。呼吸をしたくなると、松の梢に登り、セミのように羽を休めた。空はどこまでも高く、物語の世界に疲れた私の目に松の緑は優しかった。文字を覚えたばかりの私に豊穣な時を与えてくれた直子ちゃんのお母さんには、今でも感謝している。

幼稚園のころのように、勇君の暴力に脅えなくてもいいし、私は物語の主人公とともに、泣いたり笑ったり、冒険したり、空想の世界に自由に遊べた。

子供のくせに退屈な時間というものがなかった。雨降りの日は家の中で本を読んでいた。その本から受けた感動やイメージを、絵に画いては楽しんでいた。

母方の祖父が戦前、戦後を通して紙工場を経営していたので、時折、母の実家から、裁断後の余分な紙を送って寄こした。母に言えば紙はいくらでも与えてもらえた。空想した物語の世界を絵に画いたり、お話を作ったりして遊んでいた。

直子ちゃんの本は、夏休みの間中に、十分堪能した。

新しい本が欲しかった。

引越していった直子ちゃんの代わりに、久子ちゃんという同学年の女の子と友達になった。一緒に小学校へ毎朝登校するようになった。眉の濃いふっくらとかわいい顔をした女の子だった。彼女の父親は名古屋の有数な書店経営者だった。

「久子ちゃん、遊びましょ」

立派な門の前で彼女の名前を呼ぶと、必ず女中が取り継いだ。しばらくして廊下を走ってくる小さい足音がする。いたずらっぽい目をして、久子ちゃんの頭が女中の背中から現れる。

痩せて鼻柱の先のとがった彼女のお母さんは、いつも誰かを叱っていた。一番叱られるのは末っ子の久子ちゃんで、その次が女中だった。女中は年取った方と、若い方と二人いて、二人とも意地悪だった。だから私にとって、久子ちゃんのお母さんや女中達はなじめない存在だった。

久子ちゃんには二歳年上の上品で可愛いお姉さんがいた。めったに会ったことがない。それより一緒に遊んだことがない。彼女ら姉妹は、学校が終わっても毎日、何らかのお稽古事があった。まじめなお姉さんは休まずきちんと毎日こなしていたのだろう。

しかし末っ子の久子ちゃんは、稽古をさぼり、私や熊の縫いぐるみと遊ぶのが大好きだったのだ。お腹が痛いとか、いつもウソをついてお母さんの目をごまかしていた。その度に母親に叱られて、部屋の隅や庭に隠れていた。そして隠れ場所をすぐ若い方の女中に見つかってしまうのだ。でも時々、年とった方の女中はわざと見のがしてくれる。そういう時の久子ちゃんは本当にうれしそうに遊んだ。

秋になると、姉妹の子供部屋が増築された。母屋は和風の家だったが、新築した部分は明るく広い洋間の部屋だった。

お姉さんのピアノもあった。何より羨ましかったのは、本棚だった。そこには書店経営者の父親が娘のために心を込めて選んだ珍しい本が、美しい色とりどりの表紙で並んでいた。手垢で汚れていた直子ちゃんの本と違って、最近出版されたばかりの子供向け全集だった。

お姉さんの本棚は禁断の聖域だった。お姉さんは、彼女にとっていたずらっ子で乱暴な妹に、汚れた手で触ってはいけないと固く禁じていた。確かに久子ちゃんは裏庭でドロダンゴ遊びをするのが大好きだった。

新しい子供部屋に入れてもらえることは、めったになかった。でも急に雨が降ってきたり、お母さんが外出したりすると、こっそり女中の目を盗み、隠れんぼをするということで部屋に入った。遊んでいる最中でも、私は心が本棚に吸い寄せられ、思わず吐息がもれるのだ。子供心に切なかった。

背表紙に指先を触れて見る。そっとその中の一冊を抜き出してみる。表紙を開くと、まばゆいばかりの挿し絵が目に飛び込んでくる。文字が読んで下さいと迫ってくる。知らないお話がいっぱい詰って、ずっしりと重い誘惑。

「少しでも順番が違うと、お姉ちゃんが怒るから」と久子ちゃんは冷たく言い放つ。私の思いは本棚の背表紙に切なく貼りつく。

久子ちゃんが女中の所へおやつをせびりにいった隙に、まるで盗人のように、素早く、お姉さんの本を手に取る。胸がどきどき早鐘のように鳴る。指先はふるえる。でもがまんできない。読みたい。

ついに、思いきってページを開く。面白くて、楽しくて、わくわくしながら没頭してしまう。しびれるような快感が体中を駆け巡る。

そういう時に限って久子ちゃんの不機嫌な声が頭上から落ちてくる。石のように怒った表情を浮かべ私を現実に引き戻す。

「何度も言っているでしょう。触っちゃだめ。あとで久子が怒られる」白い目で頬をふくらませて言う。

百回でも二百回でもどうぞ怒られて欲しい。その間に私に本を読ませて欲しい。しびれるようなかなわぬ恋があることを、幼くして知った。盗み読みした本は、私の手を離れ、元の位置に戻される。

私は場所をしっかりと覚えておく。ああまた続きを読めるのはいつのことだろう。悔しさと惨めさで家に戻っていくのだった。

久子ちゃんのお姉さんは、あんなに豊富な本をいつでも読めるのだ。激しい羨望で胸が苦しくなる。

本への孤独な憧れは乾きを増す一方だった。このすばらしい宝物に少しも興味を抱かず遊んでばかりいる久子ちゃんに対して、小さな憎悪が湧いてきた。それは日が経つごとに膨らんでいった。

久子ちゃんの家の前庭には、和風の庭園があった。石灯ろうや、にしき鯉の泳ぐ池があった。築山の大きな苔に覆われた敷石の横に、こぶし大の穴があり、四、五月ごろになると巨大なひき蛙が姿を現す。

冬眠から覚めた灰色の大きな蛙を見つけると、久子ちゃんは飛びはねて喜ぶ。ずっと昔からこの庭に住みついているのだという灰色の醜悪な蛙は、じっと目を半眼にして動こうとしない。久子ちゃんはいつまでもいつまでもそれを見ていて飽きない。

姉さんの素敵な本より、こんな汚いイボだらけの蛙が好きな久子ちゃん。私には理解できない。私は興ざめして家に帰るのだった。

夏が終った。小学校に入って二度目の夏。毎日心を込めて宿題の日記を書いた

白い雲の形が秋に近づくにしたがって、いろいろに変化すること。芋の葉にのった朝露が七色に輝くこと。朝顔の開く様子をじっと見ていたこと。

書くことは毎日尽きることなくあった。

二学期が始まってすぐ、担任の先生が作文用紙をくれた。まわりのクラスメートが帰ってしまったのも気づかず、何枚も書き続けていた。私の帰りがあまりに遅いので心配した母が学校まで迎えに来た。

誰もいない教室で、担任の先生と二人きりで作文に没頭していた。書くことが面白くてしょうがなかった。次から次へと書くことが溢れて、鉛筆の指先が言葉をとらえるのに追いついていくのがもどかしかった。何枚書いても紙が足りなかった。

先生は苦笑し、どこかでストップをかけないと夜になっちゃいますよと母に告げた。

その年の作品展で、私のエンドレス作文は表紙をつけられ、金賞が張ってあった。


子供のころ、アンデルセンの童話が好きだった。

親指姫。

父は当時の猛烈サラリーマンだったけれど、マイホームパパの走りだった。父は週末になると社宅の庭に、彼なりのストレス解消法だったらしい花壇造りに熱中していた。よその家のお父さんは、ごろごろしていたり、将棋を指したりしているのに、私の父ときたら、油カスや土造りの園芸をしていた。

秋の終わり頃になると、父は球根をたくさん用意し、計画したところに植えつけていた。春になると、待ちわびたように、チューリップ、ヒヤシンス、アネモネ、水仙が顔を出した。パンジーやデイジー、マーガレット、ガーベラ。それらが暖かな陽光に誘われて、色彩で溢れ返る。まるで光のクレヨンをひっくり返したように。

私は愛らしい父の花々をよくのぞき込んでいた。花々の中に、アンデルセンの親指姫がちょこんとどこかに座っているような気がした。

アンデルセン生誕百年記念絵画大会小学生の部で入賞したのも、毎日見ている花々のお陰だった。

全校生徒の居並ぶ中、校長先生に名前を呼ばれ、恥ずかしさでいっぱいになりながら、賞状と記念の盾をもらった。私のアンデルセンに対する敬意は一層深まった。

しかし残念なことに、その絵は早い時期に散逸してしまった。もちろん賞状も同じ運命だった。母は転勤の引越のたび、余計な荷物はなるべく減らすという口実で、私の思い出の品々を、ぽんぽんと潔く捨ててしまう人だった。

今では、花畑の親指姫の絵は、亡きアンデルセンと、私の脳裏の中にだけ、大切に保存されている。その絵がとても気に入っていた分、私の無念さはいつまでも心に残って消えない。

母方の祖母が入賞祝いにアンデルセンの本を送ってくれた。

うれしくて、一生懸命、返事を書いた。母は文章を書くのが死ぬほどにがてだと祖母からの手紙の返事を面倒がった。結果的に、祖母と私は〝書くこと〟に結ばれた血で、ていねいな文通仲間となった。

母は「お前の文章好きはおばあちゃんの遺伝だね」と私をおだてながら、返事を口述筆記させた。

祖母が送ってくれた本を大切に大切に読んだ。繰り返し暗唱する程読んだ。

学校の帰り道、久子ちゃんに面白おかしくその本の中の話をしてやると、急に彼女がぜひ読みたいと訴えた。強引ともいえる熱心さで頼むので、私は押し切られ、しぶしぶではあるが貸すことにした。

まさか、書店の娘の久子ちゃんが、大事な本を失くすとは考えられなかった。ところが一週間経っても、彼女は返してくれない。とうとう我慢できなくなり、本を返してと頼んだ。すると彼女はあいまいな口調で、家にはないと言う。誰かに貸したとか、女中に持っていかれたとか口を濁す。そのうち両手いっぱいにお菓子を持って現れた。それから大切にしていたぬいぐるみの熊を三匹抱えてきた。そんなものはいらない、おばあちゃんがくれた本を返して頂だいと哀願した。

私は、もう少しのところで涙をこぼしそうになった。でもその後の彼女からもれた言葉を聞いたとたん、涙は一度に乾いた。

久子ちゃんは言ってのけた。

「失くしたよ。池に落とした」

目の前が一瞬暗くなった。あたりは明るい昼間だというのに。

失くした。あの醜い蛙の住む池に。

私の本が消えてしまった。お気に入りのあの挿し絵もろとも……。

大きな悲しみの風が胸の中を嵐のように吹き渡った。叫ぼうと思ったけれど我慢した。久子ちゃんと友達であることをやめよう。もう二度と会うまい。

私は肩を落とし、一人で帰った。私の愛した本の受難に、私はどう立ち向かえばよいのか。長い間、松の木の上にいて考えていた。子供心に理不尽な憤りが湧いてくる。私の大好きな尊敬する祖母。祖母が注いでくれた私への愛情の本を、ひき蛙の住んでいる濁った水の池に落としたとは。

私は久子ちゃんをぜったい許しはしない。一冊しかない私の本を失くした。本棚にぎっしりの姉さんの本は一冊も読まないくせに、私の宝物を自分のものにして取り上げた。

八歳の私の頭の中は、悲しみと怒りでぐるぐると渦を巻いた。そうして、松の木の上で思い切り泣いた。暗くなるまで下りずに泣いていた。涙が枯れたと思ったころ、私は疲れて、下界に下りることにした。

すずめや、カラスやハトが、近くまで飛んできて、泣いている女の子の顔を不思議そうにのぞきこんでいった。

翌日の夕方、私はクラスの違う勇君の住む施設に歩いていった。幼稚園の時は、遠く感じたが、三年振り、その道を辿るとたいして遠くではなかった。

園庭でつまらなそうに石をけっていた勇君は、旧友の出現に驚いた様子だった。

門の扉の陰で、私はポケットいっぱいのチョコレートを見せた。父の元に中元で届いた到来物だった。

毎日少しずつ食べるのだよ虫歯になってしまうからと母に言われていた。学校が終わると両手いっぱい摑んで走り出した。

今はもう一つのことしか考えられなかった。勇君を松林に誘い出すのだ。

「私と木登りの競争をしよう」

幼稚園の時は、いつもいじめられていた。ポケットのチョコレートを一つ指先でつまみ、口の中においしそうにほうり込んだ。

勇君は、目をキラリと光らせて、手を出してきた。

私は一粒、金紙で包んである大きな固まりを、彼の汚れた掌にのせた。

「いいこと、私と競争して、あんたが勝ったら、ポケットのチョコレート全部あげる。」

私はうれしくもないのに、にこりと笑ってみせた。勇君はまぶしそうに私の顔を見て、ふくらんだポケットを確認した。

「フーン」勇君は、唇をなめた。

「よし、競争してやろう。どこにその木はあるのさ」

勇君は、両手をぶるんと振りまわしながら私の後をついてきた。

私は久子ちゃんも学校の帰り道で誘い出していた。

一緒に遊ぼう。もう怒っていないから。どうしても見せたいものがある。とっても珍しいもの。

久子ちゃんは、私の怒りがとれたと思い、耳をそば立てて顔を寄せてきた。

「松の木に、不思議な蛙が住んでいるよ。変わった色のを見つけたの。木に登るし、時々木の穴から外に出てくるよ」

久子ちゃんはうれしそうな口ぶりで答える。

「ねえ、うちの池にいるやつと、どっちが大きい。どんな色」

私は掌を広げて、大きさを無言で示す。空想の蛙。久子ちゃんは唾をごくっとのむ。

「よし、見せて。ぜったいに見にいくからね」

期待のこもった声が私にもどってきた。

これで、二人はあの松林にやってくる。

気に入りの登り易い松の木の隣に、良い枝ぶりの木があった。鳥の巣ほどの穴があいているのも知っている。その木は途中の枝が夏の台風で折れそうになっているけれど、外から見ると全くわからないのも知っている。

松林の一本一本の木の特徴はみんなわかっている。

勇君を連れて、草を踏みながら、松林に分け入った。

太陽の光線が斜めに金色に射し込んできた。

「どの木に登るのかい」勇君が一本一本見上げながら言った。

私は無言でその中の一本を指差す。

勇君は私からせしめるチョコレートの味で、すでに目がくらんでいる。

「女になんか負けるかよ」とうそぶきながら両手にペッと唾を吐く。

光線を斜めに受けて、久子ちゃんもやって来た。

皆そろった。おばあちゃん、見てて。

お稽古をさぼるために、母親をだまし、急いで走ってきたらしく、久子ちゃんの呼吸は、弾んでいた。

「ネェ、教えて。木に登る蛙はどこの穴にいるの。時間がないんだから。すぐ帰らないとお母さんに怒られるの」

期待で興奮した声で騒ぐ。首を左右に向け、小さな生き物を捜している。

「ちょっと待って。勇君と登る競争するんだから、邪魔しないで。見ててよ。どっちが勝つか。私の登る木の隣。ほら穴が見えるでしょ」

言い終えるや否や、勇君と私はそれぞれ登り出した。

久子ちゃんは、勇君の木の下に移動してきた。

私はいつものように身軽にするすると登っていった。

突然、わぁーっという叫び声が起こった。勇君の体は、折れた枝もろともまっ逆さまに、地面に叩きつけられた。

その真下で久子ちゃんが倒れていた。蒼白な頬から赤い血が流れ、苦しそうに呻いていた。

私は木の上でいつの間にか蛙になっていた。そうよ、久子ちゃんが捜していた蛙って、私のこと。松の木と同化した緑の透明な蛙。悲しくて泣いていて涙の色の蛙になってしまった。

空に向かって、私は笑った。蛙のような声で……。

川越紀行 ——鎮魂賦——

私の母方の祖父は、不思議な人物だった。

私は以前、同人誌に三十枚程度の短篇だったが祖父らしき人物を書いたことがあった。

幼い頃の思い出の中の祖父を、記憶をたぐり寄せるように、虚構仕立てで書いてみたが、どうも細部がぼやけてしまい、自信のない出来になってしまった。

この時から、もっとしっかりした資料を手元に集め、祖父という人物を書き残してみたいという思いが胸中にふくらんできた。

しかし、日常の雑事は情容赦なく覆い被さって、ノートは遅々として進まなかった。

もっと知りたい……。

からまわりする思いに、ある日〝まるで啓示のごとく〟という表現がぴったりの出来事が起こった。

私の目の前に、突然百枚程の原稿用紙にきれいに清書された手記が届けられた。

それは、亡き祖父が私宛てに天から配達してくれた贈り物のようだった。

受け取ったとき、私は素直に祖父からのプレゼント、それもクリスマスプレゼントだと思った。

送り主は、母の弟、すなわち私の叔父徳三からだった。

私は実家の母に急いで呼ばれ、この手記を渡された。

母は、叔父のこの文章を大体読んで、何が書いてあるか教えて欲しい。母にとって年の暮れは縫い物が忙しく、叔父がすぐ読んで間違いを訂正してくれと言ってきているが暇がないので、ともかく私に頼むという。

私は手記を、家に持って帰るや否やすぐ読み出した。

夕食の支度をするのも忘れて読み耽った。

母には、兄弟が五人いた。

兄一人と弟三人。ところが一番末の敏吾叔父が、三十代で持病の心臓発作で亡くなり、このころを境目にして、母の兄弟は疎遠になってしまった。

母の下の弟、徳三叔父は、長年農林水産省の役人を勤め、一昨年退職した。

そこで叔父は思い立って、一年がかりで「父の思い出」なる手記をまとめた。

叔父の几帳面な性格がにじみ出る正確な文字が一字ずつ原稿用紙に埋められていた。

叔父が何かやむにやまれぬ思いで書きつけていったそんな思いが行間に立ちのぼる。

これは叔父が書いているのではなく、叔父の記憶のなかに生きている祖父光次郎が書いているのではないか。

祖父は自分の捨て子同然の生い立ちから、歯を喰いしばって生きてきた人生の一コマ一コマを、時にふれ、息子である徳三叔父に語って聞かせていた。

それは祖父の声だった。

読み進むうち、祖父の声が耳元で聞こえてくるようだ。

祖父の血と私の血が続いていて、祖父の哀しみが、しんしんと私の体に響き、夕暮れの自室で涙が止まらなかった。

手記に添えられていた徳三叔父の手紙によると、かなり幼い日の記憶は曖昧な部分があり、また人名などで間違いがあったら、母に指摘してもらいたいとあった。

翌日、手記を読み終え母の元に返した。

その週の休日、母は何を思ったか、ただ一人生き残っている自分の母方の伯父、太田源吉に、詳しい話を聞きたいと手記持参で出かけていってしまった。

この手記を、徳三叔父の許しも得ずに、持ち出したことに関しては、後悔の種になった。

横浜に在住している八十歳を越す源吉大伯父は、手記に目を通すなり激怒した。

太田家の恥を書いて今さらどうしようというのかと怒った。

私の祖母キヨは誠実で信仰深い女性だった。貧しい国鉄職員の娘として生まれ、身を粉にして働いた一生だった。

源吉伯父によると、このキヨの実家の不名誉な事実が記述されていて、そのことが困るのだという。

母が大伯父の家を辞してすぐ、源吉が書き手の徳三の所へ電話し、強い口調で抗議を申し込んだ。

びっくりしたのは徳三叔父である。姉である母が迂闊にも、それを見せに行ったとは寝耳に水であった。

この手記は、いったい何の目的で書いたのか、世間に発表する気でいるのか、こんなことを世に出されては、太田家にとって迷惑千万であると……。

源吉の父親の悲惨な末路は、太田家にとってタブーであった。源吉の身内も、その他の親戚も誰にも伝えず黙っていたのに、赤裸々に活字にされては困るというのだった。

年寄りが電話口で激昂しているので、徳三叔父はこのように弁明した。

これは、自分の父親への思い出のために書いたもので、本にしたり、世間の人に読んでもらうためではない。自分の家の中で、しっかりしまっておくので、どうか源吉伯父よ、安心してくれと謝ったそうだ。

叔父は私の母に電話を入れ、翌朝一番で、自分の手記を取り戻しに来るので、速やかに返却してくれと言ってきた。

母はやっと自分のやった行為の重大さに気がついた。

「美和、どうしよう」

困った時に、まっ先に娘である私に相談する。こうなると、親子の立場が逆転し、どっちが親なのかわからなくなる。

「しょうがないわね。母さんのドジを、娘の私が代わりにあやまってあげるから……。それにしても浅はかっていうのよ。自分の行動に責任を持ちなさいよ。ほんとに、面倒みきれない」

そう言って私は受話器を置いたのだが、今夜心配で母は眠れないだろうと思った。

しかし、私の心の中には、徳三叔父に負けないくらいの〝追慕〟の情が湧き起こっていた。

私が書いてみよう。祖父のことを……。


一九九〇年の暮れもおし迫ったころ、傷心の母を伴って、私は埼玉県の川越へ旅立った。

ここは、祖父が十二歳まで過ごした土地だ。

私の母自身は、赤羽の稲付町に生まれ育ったのだが、母によると「川越」という土地は全く訪れた記憶がないという。

ところが、徳三叔父の手記には、妻やまだ幼い子供らを連れて、祖父が川越の遠い縁戚を訪ねて行った思い出が記されていた。

祖父が少年時代を過ごした土地を旅行しようと母に伝えると、母は少し元気を取りもどした。地図やガイドブック、手記のメモなどを持ち私の取材旅行は始まった。

池袋から東武東上線の急行に乗った。始発なので、雨の降りそうな冬空を心配しながら、すいた座席にすわった。

三十分もしないうちに、急行は「川越市」駅にすべり込んだ。

早朝、東京南部の温暖な大森から出発したので、寒気がピリリと肌を刺す。

口から吐く息も白く冷たく感じる。

思わず、マフラーを衿元にキチッと結び直してしまった。

祖父光次郎の思い出の地「川越」は、埼玉県西部にあって、江戸時代から豊かな商業地として栄えていた。

水利も発達し、落ちついた城下町としての面影を残し、現在では「小江戸」という観光キャッチフレーズがつけられている。

わが祖父「今井光次郎」は、少年時代「佐々木光太郎」と呼ばれていた。

祖父が一度きりの人生で、二度も名を変えることになったのは、祖父本人の意志ではもちろんない。

それは彼の複雑な生い立ちがそうさせてしまった。

祖父の出身である佐々木家は、川越藩の下級藩士だった。

徳三叔父の手記によると、祖父光次郎の養育された家は「川越西町三番町」にあった。

現在の川越市の地図を見ても、すでに区画整理がされていて「西町三番町」なる地名はない。

叔父は市立図書館に出向き、大正期の市街地図を探し当て、調査してみたそうだ。すると、西町と言われた辺りは、今のＪＲの川越線、東武東上線の「川越駅」から西武新宿線の「本川越駅」に向う辺りであったらしい。しかし、一番町、二番町、三番町がどの辺なのかは見当がつかなかった。

祖父の思い出から推測すると、育った家の付近には、藩から与えられた屋敷が九軒ほどあって、同程度の藩士が暮らしていたそうである。

祖父の実家である佐々木家は、明治維新後、短期間に没落した。

一家離散した後、時代の波に乗り切れなかった士族の果てを見る思いだ。

佐々木の家は、代々主君として松平周防守に仕えていた。

周防守は徳川家の譜代大名であったが、慶応三年〝川越〟に所替えになった。

それ以前は、奥州〝棚倉〟の城にいた。

ちょうど国替えのあった時、東北地方に発生した天保の大飢饉の真最中で、藩士一同貧に窮していた。

降って湧いたようなこの国替えは、藩士にとっては喜び以外の何ものでもなかった。

貧しい東北の棚倉から、富裕な地、武州川越……江戸の北の守りの拠点であり、江戸の経済を支える重要な物資の供給地として発展している肥沃な土地。

徳三叔父が、祖父の口から直接聞いた言葉によると、――一万四千石の棚倉から、四万石の川越に国替えになったんだ。佐々木の先祖も手を打って飛び上がって喜んだそうだよ――

これは会社勤めの転勤族に話を合わせると、〝栄転や出世〟に当るのだろう。

藩全体としての栄誉はなぜ与えられたのか。これも叔父の推理を引用すると、主な理由として、元治元年、水戸の天狗党の騒動の時、棚倉と江戸在勤の藩士が、幕府方でこの鎮圧に働いた功績によるものらしい。

徳川の譜代大名として、松平周防守が、川越城の受取りを行なったのは、慶応三年一月である。

しかし、この年、慶応三年十月には、徳川慶喜が、大政奉還をしている。

三百年に及ぶ江戸時代は幕を降ろした。

世情は、新しい開国へと動き、時代の波は大きく揺れ、佐々木の家の人々が、富裕な川越の地で安穏な生活を夢見たのはつかの間だった。

過酷にも、時の流れは彼らのしがみついて生きるよりどころの武士の社会を引っくり返してしまったのだった。

藩主松平周防守康英（慶応二年一八六六〜明治二年一八六九）は、たったの三年しか、川越城の城主たり得なかった。

彼は徳川幕府の政治行政面で敏腕な行政官だった。

彼の経歴は、彼の有能さを物語っている。神奈川奉行、外国奉行等を歴任し、文久元年、西洋六カ国に対する交渉使節団が派遣された時、その副使となり、フランス、イギリス、オランダ、プロシア、ポルトガル、ロシアに赴いてもいた。

慶応元年四月には老中になった。二万石の加増もされている。そして、この頃より、朝廷との接衝役にあたっていた。

彼の名は司馬遼太郎の『竜馬がいく』にも出てくる。

藩主が有能だったのはいいのだが、権力の構造が逆転してしまい、その結果、彼は徳川幕府での地位や役割から、その責任を追及されるはめになった。

延命策一筋に、康英および川越藩は、朝廷に対して、ひたすら勤皇の意のあることを示し、いわゆる官軍に協力する姿勢をただ一心にとった。

会津藩のような末路を選択しなかったのは、ひとえに、領国の安全をとるためだった。

明治元年二月、康英は朝廷の召集に応じ、江戸を発ち上洛。

朝廷によりすぐに幕府側として謹慎処分を受けた。

彼は謹慎が解かれ、帰国できるように何回か朝廷に嘆願書を提出した。これにより、謹慎の赦免は五月に、帰国の許可は七月に下りた。

それより以前、老中になり加増された領地二万石（近江国）は残念ながら没収された。

康英は、八月になって帰国した。彼は川越藩主となって初めて、領地の川越に入ったことになる。何とも皮肉な結末だった。

藩主謹慎中の国元では、明治総督府に対し、何かと協力を申し出ていた。

これは、藩主の罪を少しでも軽くという家来の苦肉の策である。

明治元年五月、上野の山の彰義隊の戦争があり、敗走した彰義隊の一部が、埼玉県の飯能に立てこもった。

そこで、地理的にも近くにいた川越藩は、官軍側討伐軍に参加し、いわゆる飯能戦争と呼ばれた戦いについていった。

そして討伐に勝利するや、さっそく官軍に協力したことを報告し、藩主の赦免の嘆願を家来たちは実行していた。

このようにきのうの味方を裏切り、必死の思いで守った領地領国も、明治二年六月、藩籍奉還。

明治四年七月、廃藩置県。

その後川越藩は、川越県となり、改変して入間県となる。

歴史は見る側の視点によって、ずい分と違ってくるのであるが、歴史の分岐点に立った一下級藩士の祖父の一族の目と重ねて振り返ってみたい。

明治四年、川越藩は瓦解した。下級藩士の流浪が始まった。


祖父光次郎の父親の名は寅吉という。代々松平家に仕えた家ではあったが、青春時代、藩の解体を身をもって見てしまった。

かなり価値観の逆転する思いを経験し、狭い領国から、中央の憧れの地、江戸に夢を馳せた男だった。

この寅吉は、十八歳の時、槍一本かついで西南戦争に出かけていった。

西郷軍との戦争が始ると、県令から士族の家に達しがあり、各戸一人あて兵士を出すようにといって来た。

この時、佐々木家の長男、寅吉は、巡査心得の身分で戦争に狩り出された。

この身分等の詳しい話は、幼い徳三叔父に向って祖父が実際に語ったことだ。

寅吉が四国に渡った時、すでに戦争は終わってしまっていた。だから寅吉は直接西南戦争に加わってはいない。

寅吉は、この出征により人生観をすっかり変えてしまう。

寅吉の参加した部隊の集合、あるいは解散のため、彼は生れて初めて、江戸改め〝東京〟と呼ばれるすばらしい花の都を見物した。

明治の文明開化に活気づく東京の生活を知ってしまった。

寅吉は息苦しい川越の街、すがりつく古い一族、没落していく武士階級、そういったすべてを捨てようと決心した。

彼はロマンチストだった。

彼は故郷川越を出奔してしまう。

「息子寅吉は故郷と、この佐々木の家を捨てていってしまったのだよ」と祖父光次郎は、養育された寅吉の母から、子守歌のように聞かされて育った。

今も田舎を捨て東京に出てくる若い者が絶えないように、明治の昔も、若者の憧れをかりたてる都、東京。


わがルーツは川越にありとひらめいたとたん、出奔した曾祖父寅吉と、十二歳で上京し、叔母の家に預けられた祖父光次郎の二人の歩いた場所を私は辿ってみようと思い立った。

ガイドブックと地図を手にし、東上線川越市駅から、北へ向って歩き出した。

十四、五分歩いたところで連馨寺という古刹があった。
あいにくの氷雨が降り出し、吐く息も白く寒々とし、寺の境内に人影もない。

暖をとるつもりで、境内脇の団子屋に入った。

石油ストーブに暖まり、ガラス戸の外を見るともなしに見ると、鳩が寂し気に一羽だけ地面に降り立った。

しょうゆ味の団子は固く冷えてまずかった。

ほっとひと息ついて、一緒に川越までやって来た母に向って、

「この寺の境内で、光次郎おじいさん遊んでいたかもしれないね」と茶柱の立った茶碗に目を落としながら私が言うと、母は急にやさしい顔つきになり、うなづいた。

茶店をあとにし、自動車の往来の激しい大通りに出た。

道幅はそう広くないのだが、中心街道に当るらしく、暮れの商いの荷を積み降ろす車が、道の両側に止まっていて、ひどく歩きにくい。

車をよけながら歩いていると、古風な造りの商店が現れだした。

これが有名な蔵造りの商家か、なるほどと、道端から向こう側を眺めやってみた。

その昔の江戸の商家を髣髴とさせる耐火建築のがっしりとした骨組みの家並である。

厚い瓦、細い格子戸、うす暗い店内。

いつも大火に見まわれる江戸商人たちの智恵と財力が産んだ建築様式の結晶。

その店の一つに入ってみた。

川越は「いも」の名産地であり、いもに因んだ名菓がある。

幾種類もの芋菓子が、ガラス台の内外に並んでいた。

薄やきのせんべい状に切って、生姜砂糖のかかった菓子を買おうとしたら、私とほぼ同年輩の店の主人が、少し食べてみてくれと勧める。

「この芋菓子は、一枚、一枚、はけで砂糖を塗っているのですよ。先代の工夫でいまも手造りです」と説明してくれた。

そこで緑茶なども勧めてもらった気安さから、そこの主人に尋ねてみた。

「西町三番町という所に、佐々木という家があった筈ですけれど、御存知ないでしょうね。」

あまりにも遠い昔のことなので、聞くのが恥ずかしい気もする。

明治をさかのぼり、慶応、その前の江戸時代なんて言ったら笑われてしまうだろう。

主人はおやっという表情をして、

「ウチは明治からの創業ですが、三番町というのはこの辺ではないですよ。もっと駅の方だと思いますよ。先年亡くなった父なら、詳しいことがわかると思いますが、ずい分区画整理されてしまいましたんでね……」

主人の笑顔に弾みをつけて、店を辞去した。

隣りはバロック風西洋建築の埼玉銀行の青い丸屋根が見えた。

蔵造りの商家と、明治調のハイカラな洋風建築が妙にマッチする。

両方とも時代の波に洗われた古いところが共通点か。

「時の鐘」の下を通った。

川越藩の頃からのシンボル塔とも言える。たぶん、祖父も学校に通いながら、この鐘を聞いていたのではないかしらと考えたら、急に祖父が身近に感じられた。

徳三叔父の思い出によると、叔父が小学校に入る以前に、家族旅行と銘うって、両親に連れられ、一家で川越に遊びに来た覚えがあるという。

その折、祖父が真先に訪ねたのが「金杉さん」という家だった。

幼い叔父の目から見ても、両親はその口調からかなり親し気な様子で、そこの家の者と話をしていたらしい。

この金杉家というのは、佐々木という祖父の実家と親戚筋、あるいは旧藩士仲間だったのではないかと叔父は回想している。

「金杉」という家のあった辺りを覚えていないかと私は母に尋ねてみた。

母は何度もその名を繰り返していたが覚えていないと首をかしげた。

まず第一、母は、川越に家族旅行に連れて来られた記憶が全くないという。この土地に足を向けたのは、今日が初めてで、見知らぬ所を、ただひたすらに私の後からついてくるだけなのだ。

母の弟である叔父が覚えていて、年上の姉である母が記憶していないことがあるのだろうか、記憶力の差なのか、それとも母だけが病気か何かで留守番をさせられたのかもしれない。

ともかく叔父の記憶によると、その家はかなり大きな屋敷で、敷地内に太い木々が風に鳴っていたそうだ。

小学校入学前の幼い叔父の記憶なので、何もかもが大きく見えたのかとも思われる。

時計が昼を過ぎてしまった。だいぶ歩き疲れた。

私と母とは、喜多院に向って歩を進めていたがどこか休める所はないかと捜してみた。歩きながら、道の左手を見ると「佐々木写真館」という看板が目にとまった。

川越に「佐々木」という名字が多いのかどうか定かでないが、祖父の名字と一緒である。思わず店の中をのぞき込んでしまった。

その写真館からそう遠くない所に、手打ちうどんの店があり、母と相談し入ることにした。

このそば屋から道一本入ると、味わいのある横丁が続く。

ここら辺は昔の遊郭の跡だったとガイドブックに書いてあった。

祖父は十二歳で上京したので、この郭界隈には足を向けてはいないだろう。

そばを食べ、体を十分暖めてから目的の喜多院に向った。

徳川家康のブレーンであった天海和尚の建てた喜多院は、新春の行事に入る準備中の工事現場と化していた。

殺風景な防御壁で、寺全体が覆われていた。

川越の観光案内風に説明すると、この寺には、三代将軍徳川家光公の産ぶ湯をつかった部屋とか、乳母の春日の局の化粧の間などが、江戸城より移築され、現在もなお残存しているという。

受付には人影も見えず、暗く閑散としている。

いやに風格のある山門をくぐり境内をあとにした。

中院を横にみて、元武家屋敷だった区画の辺りをゆっくり歩いてみた。

なぜか変になつかしい。心がうるおうように、垣根越しの芝生の家を眺めてしまう。

この辺りから駅に向って、上級から下級武士たちの住居があったのだ。

祖父の実家は、もっと川越駅よりだったと見当をつけて歩いた。

地図を見ると、城からずい分離れている。家老屋敷などは城の正門のすぐ前に位置している。

毎日登城するのに、下っ端武士は、遠くから歩いて城まで通ったのだなと思う。

現在の安サラリーマンが、郊外にやっと家を持ち、都心の勤め先に長時間電車に揺られて通勤するのと似ていなくもない。

「士族」という名称——これはいったい何だろう。

藩籍奉還の時、武士階級は「士族」という名称を与えられた。そして明治政府から俸禄を支給されることになるが、これは藩制時代よりも、はるかに低い額だった。

しかし、この俸禄制度も明治十年に廃止され、公債が交付された。

いずれにしても食べていくのがやっとの薄給で、士族の生き残る道は体制の中のインテリゲンチャとして、行政官、警察官、教師、また多少資力のある者は商工業、あるいは農業に転じた。

祖父の父、寅吉は明治十年、挙兵した西郷軍の討伐隊として四国の宇和島に行った。

政府は自分等の正規軍だけでは足りなくて、主に東日本の士族を対象に、「巡査」という名目で志願兵を募った。

寅吉は食えない一家のために、これに応じ、浦和に参集した。

徳三叔父の調査によると、この時応募した人員は三二三名で、このうち旧川越藩士族は、二七三名であった。

寅吉もその一人であり、各地からの志願兵は、東京に集められ、五月十八日には、千二百名が鹿児島へ向け派遣された。

しかし寅吉は、鹿児島へは行っていない。東京に集められた士族の中で、鹿児島に派遣されなかった残りの一部は、板垣退助等の挙兵をおさえるために、伊予宇和島に駐屯した。

この時、寅吉が支給されたものは、県令からの思召金五円。旅費四十円。慰労金二十円。手当金一カ月六円。弁当は官費支給、金盃一個。

西南戦争が終わった後、県令は寅吉に対し、浦和署勤務を命じている。

つつましく暮せば、家族を養えたかもしれない。

当時、浦和は埼玉県の中心であった。元士族の端くれ寅吉は、どんな心境なのか推し測るすべもないが、いくばくかの手当金を手にして、東京に出てきてしまった。

曾祖父寅吉はその時から士族という名を捨てた。

そして憧れの東京で、夢と希望と自由にあふれたむちゃくちゃな生活に入った。

寅吉の夢は、船で外国に渡って「ひとやま」当てることだった。


祖父がよく口にしていた言葉があった。

「俺は赤ん坊の時、父親から捨てられ、他人にもらわれた」

「父親は台湾に行ってしまった」

寅吉は、家族を捨て身近な外国、台湾へ渡っていってしまったのだ。

川越の駅前は、近代的なホテルやデパートが立ち並び、祖父光次郎が幼少期を過ごした面影はすでにどこにも見いだせない。

祖父を実際に育てたのは、寅吉の母に当る老女だった。

東京で生活し始めた寅吉は、いつも飯を食いに行く店で、一人の女を知った。

とても大柄な女で、初めのうち、田舎者の寅吉に親切だった。

官軍に加担してもらった金やら、家にあった武具などを売り飛ばしてきた金など、けっこうあったので、せっせと女に贈り物をした。

女は「りゅう」という名だった。

年齢は寅吉より三つ程上だったかもしれない。はっきりした歳は本人が言わなかった。器量は良くなかった。しかし体が大きいので、はでな印象を人に与えた。

窮屈この上ない川越の家から飛び出した寅吉にとってこの蓮っ葉な江戸の女りゅうは新鮮に見えた。

寅吉の母親さよは、自ら武士の出であることを誇りにし、娘時代を主君松平様の御殿女中として、厳しい躾を受けていたので、わが子に対しても、冷たくきつい母であった。

そんな固苦しい母親の支配下から抜け出し、母親と対極にいるような女りゅうと寅吉は結婚した。

元士族あがりのボンボン寅吉は、りゅうに勧められるまま、いろいろな商売に手を染めてみた。

しかし、その都度、だまされたり、失敗したりして、有り金を使い果たした。

夢ばかり見て、現実感覚のないこの年下の頼りない夫に、女房のりゅうは、すぐに失望した。

この女は、祖父光次郎を産む前に、女の子を一人産んでいる。

祖父にとって唯一人の血縁になる姉「はる」だった。

寅吉とりゅうの夫婦は、短い結婚生活のうちに別れてしまう。

どちらかというと寅吉にりゅうが愛想尽かしをしたのだ。

双方とも別れる時に、男の子は男親、女の子は女親がそれぞれ引き取ることを話し合った。

祖父は三歳だった。姉は五歳。数えで七つだった。

姉はるは、七歳で芸者置屋に預けられた。体よく売られたのだ。

りゅうは娘はるを芸者にし、自分の見果てぬ夢を託した。

柳橋や新橋あたりで売れっ子にでもなれば、りゅうは楽して暮せると……。

はるは、置屋の母さんから、芸事を習わせられたのだが、どうしても三味線が弾けない。

小唄も長唄も端唄もだめだ。第一声が悪い。もう一つだめ押しで、母親似の無器量だった。

芸者には不向きであると、三年もしないうちに置き屋から帰されてしまった。

後年はるは、その体格ゆえに甥や姪達から「大きいおばさん」と呼ばれていた。

父親の寅吉の方に引き取られることになった祖父光次郎は、幼な心に心細かった。寅吉は男手一つで子供の面倒を見るなどという責任感は全くなく、台湾に渡ることばかり考えていた。ちょうど伝手《つて》があり、台湾に行けることになったので、足手まといになる息子を、頼み込んで隣家の夫婦に預けてしまった。

その夫婦は、子供がなく、常日頃かわいい盛りの光次郎をかわいがっていた。

祖父は、父親からつけてもらった名前を「佐々木光太郎」と言った。途中で名前が「光次郎」に変わるのは後述する。

隣家の夫婦は旅まわりの役者だった。光次郎を育て、子役にでも使おうと考えていた。しかし、当時、衛生状態もよくなかったのか、光次郎の頭にしつこい腫れ物ができ、一向に直らなかった。

夫婦は、治療代も嵩むことから困惑し、やっと寅吉の親戚、即ち妹「そよ」を捜し当て、連絡をとった。

三歳か四歳になったばかりの祖父光次郎を連れて、叔母そよは、川越の実家に戻った。

頭におできができなかったら、祖父の人生も旅回りの役者として、芝居小屋の座長あたりにおさまっていたかもしれないと思うと不思議な気がする。

台湾へ出奔した父親からの仕送りもないまま、川越の家で年老いた祖母と二人で、清貧に甘んじる生活が続いた。

藩が解消する時に、退職金がわりにもらった鎧兜の売り食い生活。ほんの少しの畑を耕し、家財を次々に質屋に入れ、生計のない祖母は、孫一人どうにも養育できなくなってしまった。

長男の出奔以来、病気がちだった祖母は、とうとう嫁に行ったばかりの「そよ」に相談した。

後妻の口ではあったが、元士族の娘だというので、そよは今井斧五郎という男と結婚した。

今井の家は野田のしょう油屋の釜用に、耐火レンガを造る家だった。

斧五郎は年をとっていた上に、子もいなかったので、養子として祖父光次郎を籍に入れてくれた。しかし、先に、縁者よりもらっていた養子がいた。

この子を長男「幸太郎」とし、祖父を「今井光次郎」次男として届けた。養父今井斧五郎の年の離れた妻へのサービスだったのかもしれない。

ここで祖父の姓は「佐々木」から「今井」へ、名前も「光太郎」から「光次郎」に変わってしまった。

「男が一生で二度も名を変えるのはいやなものだよ」

晩年、祖父はこう語っていた。

しかし祖父は、自分はずっと佐々木光太郎で通していたし、実父のつけてくれた名を愛していた。

まもなくその斧五郎も亡くなり、そよは川越に出戻った。ほどなくして、東京で運送業を営んでいる「中西」という家へ口をきいてくれる人がいて、再婚した。

この時代の女の生きる道は、結婚が唯一の手段だった。

祖父は一生この「そよ」叔母を大切に思っていた。

生みの母は、自分を捨てたが、育ての母はこの「そよ」であると、まわりの者に言っていた。

祖父は、小学校までを川越で過ごしている。ここを卒業と同時に、東京の「そよ」の嫁ぎ先「中西家」に行くことになっていた。


多感な少年期、祖父は、はるか遠くの〝東京〟に思いを馳せていたそうである。

東京へ――。

当時川越にも、鉄道が新しく敷設された。ずうっと遠くまで続いている鉄道を、遊び仲間と見に行って、線路を手でさわった。「これを辿って行けば、東京に行ける。そうすれば、自分の両親に会えるかもしれない」

子供心に、親のいる東京がなつかしかった。

この時期には、そよ叔母などから、父寅吉が東京にいることをすでに知らされていた。

数え年十三歳で、独りで東京に向った。祖父の遠い記憶によると、川越から乗合馬車でどこかまで行き、そこから鉄道に乗り替えたそうだ。

乗合馬車の出発する所まで、年老いた祖母が見送りに来てくれて、少年と祖母はつらい別れをした。

祖母は孫を手離した後、すぐ病になり亡くなった。

佐々木家に残ったすべての財産を、この薄幸な孫に与えてくれと遺言したが、実行されなかったそうである。

祖父が常々くやしがっていた事柄の一つに、自分の父親の弟、友吉により佐々木家の財産が使い果たされてしまったことだ。

厳しい母親に躾られたせいか、佐々木家の男どもは、その反動が強く、成長してから道楽に走るか、だらしがない生活を送る。

長男寅吉は、家を捨て出奔し、次男友吉は、東京に出て彫刻師になったが、その生活は華美で、いつも金が無い人生を送っていた。

友吉は川越の実家の屋敷まで人に売り払ってしまった。そこで、わが向学心に燃えていた少年光次郎は、中学へ進学できなかった。

学問をつけてもらえる基盤となる経済的バックがなかったので、叔母中西そよ宅で居候となり、家業を手伝って働くこととした。

鉄道に乗り替えた場所がどこであったか、徳三叔父は、父から聞かされたのに、その場所を忘れてしまったと回想していた。

明治二十八年に、川越鉄道（後の西武線）が開通した。

この線は川越から入間川、所沢、東村山を経て、国分寺に出る。

これから甲武鉄道（後の中央線）に乗り替えて東京に出られる。

しかし地図上を辿ると、かなり遠廻りである。

池袋と、川越を結ぶ東上線は大正三年に開通した。

大宮から川越を経由して高麗川で八高線に接続する川越線は、昭和十五年に開通とある。

ただし、川越から大宮に出るには、川越馬車鉄道があった。

祖父がどの経路を使って、上京して来たのか、すでに知る術がない。

十二歳。馬車鉄道に揺られ、川越の町を離れることによって、祖父の少年時代は終わったのだった。

その後の祖父の生きてきた航路は、また次の機会にまとめてみたい。

母と私の川越紀行は、あくまでも祖父光次郎の原点となった土地を訪ねる目的だった。

静かなふるい城下町は、厳しい市街化の波が押し寄せ、すでに駅前は、メタリックなホテルやビル、遊歩道が空をよぎり、様子を一変させている。

祖父の育った時代を辿るにつれ、ふるさとに戻るべき家を持たぬ一族の思いがつのる。根を失くした祖父の一族は、明治維新の波を受け、くだけ散ってしまった。

藩が無くなり失業した多くの武士たちは、その後どう生き延びていったのか。

討幕の名のもとに、官軍の新鋭兵器に追いつめられ、討ち死にしていった会津藩などの旧藩士たちへも思いを馳せる。

わが先祖は、官軍に味方することで討ち死にを免れたが、新しい時代の波に乗り切れず、一家離散してしまった。


「父の思い出」という徳三叔父の手記が灯台の役割を果たしてくれ、その灯りを手がかりとして、鎮魂の旅に出た。

すでに夕暮の風が吹き、鉛色の雲がたれこめている。

車中、窓外に目を移すと、夕暮の街角に、ふっと現れて、消え去った少年の面影があった。

それは十二歳の祖父光次郎の姿のようだった。

祖父の魂は私とともにふるさとに帰って来た。

かつて川越城の堀の横を通って、大きな声で唱歌を歌いながら小学校へ通っていた少年がいたことを知っている者はもう誰もいないのだ。

しかし、少年が貧しい祖母とともにこの町に住んでいたことを私はちゃんと知っている。

だから安心して、おじいさん。

少年の顔はほほえみを残して、私の視界から消えた。

参考資料
今井徳寿筆「繁次郎の昔語り」
『川越市史』第四巻　近代編
第一章　川越藩と明治の変革
『かわごえ』川越市教育委員会監修
ブルーガイド『秩父・川越』
その他

逃げ水

乾いた喉で歩く。歩き続けている。炎天下。暑い。

遠く一本アスファルトの道が続いている。焼ける道の上に、ゆらゆら立ちのぼるものが見える。目を凝らして見る。陽炎かもしれない。それが水だとわかる。なぜかこんな暑さの下に水が光ってみえる。不思議な気持ちで近づいていく。

水溜りが見えた地点までやっとの思いで歩いたのに、照りつく太陽と自分の影しかない。


深い眠りから覚めた気分で、和恵はその部屋にいた。

そして、先ほどからしきりに脳裏に浮かぶ「逃げ水」のイメージを追い払おうとしていた。

和恵の喉の乾きは、体の深いところから来ていて、一杯の水で癒えるものではない。そのじれったさと空しさが全身を覆ってくる。

部屋の入口には「相談室」という札が掛かっていて、普段の日は、担任を持たない教師達の昼食用の部屋になっていた。

中学三年の男子生徒が、七、八名部屋の隅に正座させられうなだれていた。

彼らは、もうだいぶ前にこの姿勢をさせられていたらしく、太腿の上に置かれたこぶしが、足の痛さを象徴して、時々ギユッと固く握り返されていた。

廊下を下校時の生徒達の声が楽し気に通り過ぎて行く。

和恵は、四月にこの学校に転勤してきたばかりだった。まだ十日も経っていない。

「三年生の先生、大至急、相談室にお集り下さい」

教頭が血相を変えて教員室に飛び込んできた。

世間でも公立中学が荒れていると通常のように口の端にのぼるようになって久しい。

和恵の新しい学校は、多摩川をはさんで、京浜工業地帯の中小企業がひしめき合っている下町にある。
七、八年前はこの区内でも有名な荒れた中学校だった。それは、過去形で語られる話題の中にちょくちょく出てきた。
給食時、食缶が一クラス分無くなってしまう。〝出前〟と称して、一群の生徒達が教室から抜け出て、都営住宅に運んで行って食べてしまうのだ。

体育館の屋上にマットを持ち出して、授業をさぼって、紫煙を上げ日和ぼっこ。

廊下には〝黒ガラス集団〟が常にたむろしていて、何かおもしろいことはないかと鵜の目、鷹の目で待っている。

先生と生徒のつかみ合い、殴り合いも日常だったという。

こうした現状を沈静化させるには、年月がかかるが、今は転勤して、区の指導室へ行ってしまった男の教師が、軍隊の指揮官よろしく、五、六人の若い教師集団をつくり、徹底的に生徒指導を行った。

「指導」という名の体罰であった。往時を振り返って、古い教師達は言う。

生徒が反抗的な態度をとる。規則に違反する。有無を言わさず、正座、殴る、蹴る、罵倒。

彼ら教師集団の前に、生徒はいつしか沈静化し、行儀の良い、おびえた表情の集団が出来上がったのだと、年とった女教師は、吐息まじりに、和恵に話してきかせた。

そう言われてみれば、上級生でも、上バキの踵を踏みつぶした者がいない。

黒の学生服も、ボンタンやら短ランやらを身につけている者も、整髪料をぎとぎと光らせて、髪の毛の色を染めている者も見あたらなかった。女子で言えば、爪を染めたり、ピンクの口紅をはみ出さんばかりに塗り、スカート丈を、廊下に引きずるようにしてはいている者もいない。

同じ区内で、前任校と大違いの生徒を目の前にしていた和恵は、この部屋の中で行なわれることに息をつめた。

「てめえら、顔をあげていろよ。俺をなめてんじゃねえだろうな。痛い目にあいてえのかよ。えっッ、堀先生に、どんな口きいたんだ。言ってみろ、呼ばれることはしてねえって。てめえら、いつからそんな口きけるようになったんだ」

正座させられている生徒の前に、椅子の上にでんとすわり、足を組んで腕組みしている橋本がいた。

猛獣に魅入られた小さいうさぎのように、生徒の体が縮み上がるのがわかった。

放課後の下校放送が流れている。外は、四月に入って、たびたび吹き荒れる春の嵐で、雨足がグランドを灰色の煙った色に染めぬいている。

部屋の中は変に静かで、呼吸するのも苦しいくらいだ。

和恵は喉が乾き、口の中がざらついてきた。

和恵の脳裏に前任校の中学三年だった国見の憎悪に塗りこめられた目が浮かんだ。


一年前、これを戦争と呼んでよいものなら、和恵は教師になって初めてといっていいほどの、激しい対生徒戦争に巻き込まれた。

山の手の高台にある牛込中学に転勤して六年目。二回目の三年生の受け持ちだった。

例年にならい、京都、奈良への修学旅行に出かける時期が来た。その準備の一環として、修学旅行実行委員会が発足した。

しかし、この委員会のメンバーが申し合わせたように、一連のグループによって占められていた。

委員長はお調子者の原口だった。各クラスから自選で出てきた彼らは、ツッパリと自称していて、日ごろから、一般の生徒とは違った風に目されたいと思っていた。

和恵ら教師側は、まだ一学期に入って日も浅いし、上級生の下で小さくなっていた彼らにそんな力はついていないとタカをくくっていた。指導する教師の誘導によって、彼らのわがままなど粉砕できると軽く考えていた。

彼らとの力関係を甘く見て、修学旅行は制服（標準服）でと提案した。

ツッパリ生徒は、普通の生徒との違いをまず外見でもってはっきりさせていた。

それは彼らのグループをまわりと区別させることであった。

髪のスタイルは命だった。後ろの毛や横の毛の立ち具合、またカットの具合を非常に気にして、いつもクシでとかしていた。ちょっとでもセットが乱れると、歩行中であろうと、食事中であろうととかしつけた。

授業中に誤って、頭髪に手がいって乱してしまった時など、本気で怒ってクシでとかした。

初夏に入ったころだった。六月から夏服になるのだが、短い開襟のシャツをズボンの外に、ブラウス風に出し、そのズボンといえば、蒲田のヤングという異装専門の店で買ったボンタン——腰のまわりにヒダをたくさん入れチョウチンのようにふくらませ、裾を思いきり細くしぼったトビ職のズボンのようなヤツを低目のベルトではいていた。

服装から目立つこと、これが彼らのパスポートだった。これは先輩を見ならっていたから最上級生になると待っていたようにボンタンをはいていた。

これを異装として、ふつうのいわゆる標準服を着て行こうと呼びかけたのだが、クラスの大よその男子生徒が、目立たない程度のボンタン型学生ズボンを流行のようにしてはいていたのがわかった。

異装している者は連れていかないと最後まで脅していたのだが、それならいかないと売り言葉に買い言葉で担任を困らせていた。

和恵のクラスにかっこうマン高田がいた。彼は細心のおしゃれをして登校してくるのだが、一応和恵との妥協点として、金髪の髪を黒く染め、短いシャツを、ズボンの中に入れこんで教員室にやってきた。

「やっぱな、一生に一度のな、修学旅行だもんな。いかないと思い出がなくなっちゃうもんな……」

校門の外で昼休み一服してから、高田は和恵に話に来た。

若い唇からヤニ臭い匂いが漂った。

和恵のクラスにはこの高田を中心にして、何名か和恵の言うことをきかない男子生徒がいた。高田と野村は別格だった。他の生徒は何とか気持ちを通じさせることができるのだが、この二人は、どこかはるか彼方へ飛んでいってしまうような言葉の通じないまだるっこさがあった。

和恵にとって苦手なタイプの人間なのだ。野村は一、二年のころ担任から徹底して嫌われていた。一年のころの担任は野村のことを毛虫でも見る目つきで「キツネのような目をしてズルイ奴」

といまいましそうに言っていた。二年の時の担任は、野村が図書館の厚い本を盗んで中をくり抜いて、カセット入れに細工して、授業中ラジオを聞いていたと怒っていた。公共の物を盗んで私物にしても少しの反省もない、「買って返しゃいいだろ」とウソ吹いていたのは許せないと繰り返していた。

高田は三年になった一学期の半ばから頭角を現してきた。それまで外では悪さをやっていたが、学校内では気の弱そうな風貌をしていて、休みも多かったせいかあまり存在感がなかった。

始業式の翌日、高田は隣のクラスの国見に〝生意気〟という理由で、トイレに呼び出され、グルリ囲まれて殴られた。それがこわくて、その翌日から学校を休んだ。

ふとんをかぶって朝から起きようとしない息子に、しびれを切らせた母親がとうとう理由を聞き出し、その母親から国見の親と学校に抗議があった。

校長室で話し合いと仲直りが行なわれた。気の強い高田の母親は、大男の国見に背伸びするような姿勢で、かん高い声で叫んだ。

「トイレで殴られた者の痛みも、あなた、わかってね」

国見はシラッとした笑みを浮かべて横を向いた。

高田は、この件で急速に国見グループに接近し、文字通り仲間に入ってしまった。国見のグループの実行部隊として、力を得てしまったのだ。

トイレに呼び出し、脅し、傘下に入れてしまうというやり方が、この学校の番長の手順であったが、細胞は増大するばかりで、一人ずつ引き離し、壊死する方法を取らなかったのが結果的には、物事を悪い方向へ進めていってしまった。

野村は、二年生の頃から国見グループの通称「パシリ」をやっていた。

この言葉は「使い走り」を縮めたものであろう。

昼間物色しておいた放置オートバイなどを器具でもって、鍵を壊し、自分達で乗り回す。盗んでは乗るということを繰り返していた。

オートバイの運転など、先輩などから習ってお手のものである。

オートバイ好きが高じたと親は解釈しているが、そうではない。国見への物納、ごきげん取りに他ならない。

ちょうど運悪く盗んでいるところを、パトカーに見つかり、夜更け、池上署に連行された。

気が小さく体も細くてきゃしゃなものだから、ちょっとした脅しで恐くて、ペラペラとしゃべってしまった。その結果、国見まで余波が押し寄せ、警察にマークされてしまった。

学校側といえば、このオートバイ盗み事件も、さして重要視しなかった。運悪く見つかってしまって、警察におキュウをすえられたのだから、まあいいとしよう、たいした事ではなかったで済ませていた。

しかし、彼らの結束は、この事件で更に強まった。三年生になり、長欠だった池谷や、高田が加わり、グループの陣容は整っていった。

体は、年ごとに大きくなり、人数は増え、ケンカで名誉の傷がいくつも国見を飾った。

高田と校長室で仲直りの後、ほどなくして国見の母親が家出した。

校長室で、苦悩に染ったハンカチを握りしめ、涙を流していた女を思い出す。

こうして、何度も被害者の親にあやまってきたのだろう。青白いやせた表情が年齢より一層年を感じさせた。

「泣くんじゃねえ。クソババア」

国見は大きな声で母親にわめく。仕立ての良いスーツに不似合なシワの畳まれた顔。息子にどなられている母親に和恵は同情を禁じ得なかった。

国見には反省の色などなかった。

「お母さんがいなくなって、不自由なんじゃない」と時々声をかける。すると頬をぷっとふくらませ、

「へん、姉ちゃんとバアちゃんがちゃんとやってくれているよ。俺をよ、捨てやがって。オフクロは、大体オヤジと仲悪いんで、俺の小学校の時も家出したんだぜぃ」

国見の乱暴な返事が戻ってきた。

七月になってすぐ修学旅行。新卒の国見の担任は、彼の心が読めなかった。

もちろん、和恵にしても、他の教師にしても同じだった。

国見グループのハデな異装にクレームをつけつつ、一緒に連れていってしまった。

先公どもは、脅しだけだと彼らに手の内を見せてしまった。

戦争の前哨戦は、ここで第一回戦にして破れた。

八月の終わり頃だった。夏休みもそろそろ飽きてくるころ、警備員から警察に通報があった。夜間で無人の学校のプールに、どこからか侵入した男女が飲食しながら泳いでいると。巡回中のパトカーが急行して捕えて見れば、何と国見、和恵のクラスの五木、国見のガールフレンドとその女友達のカップルだった。何か面白いことがないかと暑苦しい夜中に、遊びに来て泳いでいたのだ。

夏期休暇中の和恵のもとに、翌朝、学年主任の田中から電話があった。五木の保護者に、休み中の保護もちゃんとしておいてくれと電話しておくようにという。

主任の田中は、母親の家出など相つぐ国見の家庭事情を知るために、父親と会って話をするという。

ゴルフの会員権を売ったり、マンションの経営をしていたりと、国見の父親は忙しい体でありながら、日時を定めて、田中と夜間に話をすることになった。

田中は自信たっぷりだった。一杯飲んで話をすれば、それは男同士、わかり合えるさという楽観的自論で臨んだ。

しかし、和恵は何となく不安に感じた。

それは、以前から見知っている田中の人格の弱さ。酒の勢いを借りて、ことに臨むことへのほのかな危惧。酒の力を得ると、田中は大きくでるのだ。冷静な判断をしなければいけない時に、一席設けると言われて喜んでいてはいけないのにと思った。

和恵自身も弱っていた。五木に連絡をと思っても、五木の親に連絡を取る方法が、ほとんどないのだ。

五木の家は、三年程前両親が離婚し、母親の方が、家を出てしまっている。池袋の某デパートに勤務しているらしいことは五木から聞いている。父親はいつ電話してもいない。

店をやっている、夜遅くまでやっていると五木は他人ごとのように答える。家には耳の遠いおばあさんがいる。やっと電話に出てもらっても、ほとんど用件が通じたためしがない。期日までに払わなければならない代金、プリント類など、いつも出し忘れ、失くしたと言ってくる五木に、親のフォローのあとがない。

思春期の息子を抱えているのに、どうしてこうも別れたがるのだろう。

親のエゴを思う時、和恵は、同じ年ごろの自分の息子達を思うのだった。

十八歳くらいまで、男の子は母親を必要とする。もう二、三年辛抱できないものか。息子が母親を必要としなくなるまで……。

五木の情緒の変動ぶりは、去年担任していてよくわかった。弱い者いじめなどで、心の不安を消そうとしていた。

母親のいない共通点が、二人を結びつけたのか、夏の間、国見と五木は仲良くしていたらしい。

国見の家の山中湖の別荘に一緒に遊びにも行ったという。

主任の田中は、和恵に電話をよこした二、三日後、国見の父親と銀座で会った。

もともと酒には目がない。話をしていくうちに、お互いに意気投合したものか、国見の父のいきつけのバーをハシゴしているうちに、話の内容で、気を大きくしてしまった父親は、家にいる息子に電話で呼び出しをかけた。

父親は酒の勢いを借り、不肖の息子を叱るつもりで電話口でどなった。

「学校や、先生方に迷惑をかけちゃいかんぞ。いいな。わかったな」

酔っぱらいながらの電話は、国見に猛烈な反発を起こさせた。あまつさえ、女の嬌声まで聞こえてきたのだから。

国見は、母親が家を出ていってしまったのは、自分のせいであると思っていた。自分が不良になったから、世間に対して申し訳ない、そんな子供を育てた母親が悪いと、責任を感じて、母親は姿を消してしまったのだと考えていた。

　わがままで言うことをきかない息子がいては、嫁として母親の立場がない。おばあちゃんはいつも母親を責めているではないか。

　そして、家に寄りつかない、ほとんど自分と遊んでくれたり、かまってくれたりしなかった仕事仕事の父親。

「お前の育て方が悪い」といつも母親を責め、出張と称して、帰らない晩をつくっている父。

　電話口の酔った声はなんだ。酔っぱらって、俺に説教しようとするのか……。

　国見の感情の逆流はその夜、沸騰の域に達した。

〝大人はきたない〟

　大人に対する決定的な不信は国見を嵐の方向へ押しやった。

　九月が始まった。戦いの火ぶたは切られた。

　国見は金髪のツンツンとがった頭で登校してきた。ガールフレンドと手をつなぎ、ズボンのベルトにガチャガチャと派手な飾りをぶら下げ、ゆっくりゆっくり校門をくぐった。

　相棒の池谷もホテルのドアボーイの制服のような短い上着に、ペンギンのようないでたちの太いズボン。まるで仮装行列の一行であった。下級生も、教員も彼らの色彩の度を過ぎたギンギン振りにあっけにとられていた。

全校が始業式をやっている最中だった。

国見は、ずいっと全員をにらみつけ、特に前面に現われて、顔をしかめ渋面を張りつけたような田中に向って、挑みかかる視線を向けた。田中は腕を広げ、国見を押し戻そうとした。

「そ、そんな格好で学校に来るなんて。先生は悲しいぞ。家に帰って、ふつうのに着がえて来い」

田中の声は震えていた。しばらくにらみ合いが続き、押し問答が繰り返された。

国見を先頭にして異装の集団は、校門に陣取りデモンストレーションをした。二人、三人と取り囲む人数は増えていき、やがてどこかへ去って行った。

二学期の序曲は強烈な音階から始まったのだ。

国見の我々教師に向けた憎しみに充ちたまなざしを和恵は忘れない。

こうして波乱の二学期はスタートしたのだが、九月に入ってしばらくして一校時目の終わりのチャイムが鳴った時だ。

隣りのクラスの大山が息を弾ませ教員室に入って来た。

腕と頬が赤く腫れている。

「国見にやられました。十数発殴られたと思います」

大山の声は震えている。興奮のため、肩が波打っている。

国見が二組の和恵のクラスの男子数人を呼び出し〝ヤキを入れる〟と騒いでいたところを通りがかり、止めたのだそうだ。

「じゃ、代わりにお前を殴らせろ」

そう言うなり、あっという間にパンチが腹や頬に炸裂した。武道のたしなみのあった大山は、腕で受身をしたのだが、ふつうの者なら気分を悪くしてのびていただろうという。

それにしてもこのところの国見の荒れようは、学校中の教師がお手上げの状態だった。狂暴な牛が、目につくもの何でも角で突き当るように、すべて体当りしてきた。

屈強な若い教師大山が国見にやられ、一発もやり返さず、やられっぱなしになっていた。

このニュースは、あっという間に学校中に伝わった。

身長も体重も国見よりずっと立派な若い教師大山はこの事件で彼らからすっかり恐れられなくなってしまった。

国見グループは大山のことを「あいつは強い。怒らせたら大変だ」という認識を訂正し、「あいつは見かけだけだ。少しも恐くない」と思うようになった。

国見のパンチはケンカ慣れしているので効き目がある。

大山を殴った後、廊下で国見は暴れまくっていた。もう誰も彼を止められる者はいなかった。

数人で会議室へ連れて行こうとしたが、机と椅子を蹴り、五十代の教員を足げにした。

彼の心には嵐が吹き荒れていた。怒鳴り、わめき散らし、自分で熱い渦巻きの中に突込んでいくように、そこら中にある机、椅子、傘立て、壁を蹴り上げた。

まわりを取り囲んだ教師たちが落ちついて話そうと水を向けても、つり上がった目をして拒んだ。

「てめえら、俺にウソばっかりついていやがる。俺は信じないぞ。誰のいうこともきくものか」

とまるで吠えるように叫ぶ。

そばで聞いていて、和恵はつくづく自分の無力さを悟った。十何年と教師をしていた自信が崩れていく。正直言って、国見の悲鳴を、焼けつくような声を耳にして、なすすべがない。

学校中が聞耳を立てているのを意識してか国見の咆哮はいつまでも続いた。

その日、どんなに手を尽くしても、国見の父親とは連絡がつかず、名古屋に出張中であるという伝言だけが戻ってきた。

職員は誰一人帰らず、窓の外が暗くなるのも気づかず議論した。

国見がとった行動に対して、制裁を与えるべきだ、それがケジメであるという意見が多数を占めた。

制裁とは、被害届を警察に出すことである。このまま、この問題をキチンとしておかなければ、他の生徒の手前もある。国見の影響力の大きさも、今さらながらわかってきつつあった。学校中が国見に振り回されてはいけない。本来あるべき教育の場としての静穏さを取り戻さねばならない。

白熱した議論の後半、急に校長が口を開き、顔を紅潮させて叫んだ。

「被害届の件は、今回、私に預けてくれないだろうか。一方的ではあるが、穏便に、頼む」

「校長、学校の体面が汚れることばかり気にしていたら、何もできませんよ。今だって、国見グループの連中は大喜びして騒いでいるじゃありませんか。彼らの好き勝手にやらせていていいのですか。授業中は抜け出す。ガムや菓子は外から買ってきて、そこら中散らしてムシャムシャやっている。空き教室で、ポーカーしながら銜《くわ》えタバコですよ。これが学校ですか。下級生も乱れ出しているではありませんか」

他学年の血の気の多い男性職員がどなった。校長は、ますます顔を赤らめて、「穏便に！」と言うだけだった。

和恵はふと前の席にいる田中をみた。田中の顔は蒼白だった。眉と眉が近より、ピクピク動いていた。ボールペンを持つ指先が震えていた。

田中は最後に立ち上がって、かすれた声をしぼり出すように言った。

「私の指導力の不足でこんな事態を招きまして、責任を感じています。学年を代表して謝罪します。」

その夜、田中は神経を静めるために泥酔した。しかし、目が冴えて眠れなかった。床に就こうとした国見の担任の大山は、鳴り響く電話で再び起きた。時計を見ると十二時を過ぎていた。

国見の声がした。環七通りの「かもめ」に来い、来なければ、俺の方からお前の家に押しかけるというものだった。

大山は、すぐ親しい同僚に電話を入れた。寝静まっている家族に迷惑をかけてはいけないと思い、さっとジャージに着替え、夜の道を「かもめ」に急いだ。車の中で大山は考えた。深夜、生徒から脅されて、車を運転している自分が情なくもあった。しかもけさ当の国見に、自分は殴られているのだ。教員になって初めて、嫌な気分の立ちのぼってくるのを大山は感じた。

深夜の呼び出しに応じた大山に、国見はこう要求を出して来た。〝被害届〟を出さないでくれと言うのだ。長い長い一日だった。大山はひと呼吸おいて答えた。

「出さないから、眠らせてくれ」

大山が深夜、国見に呼び出しを受けたことは、次の職員会議で話題になった。そうまでして、教員が卑屈にならなくてはいけないのか、被害届を出さないと、我々の会議を抜きにして、本人と担任で取り決めにしてよいのかなど、いろいろ意見が出た。

やっと学校に現われた父親は、しみじみ困り果てたという表情をしていた。あれ以来、国見はほとんど家に寄りつかず、友達の家を泊り歩いている。だから親子での話し合いは全然されていない。

反省させるため、それなりの施設にお願いしても構わないと父親は苦し気に言った。その言葉が終わるか終わらないうちに、逃げ出した妻の悪口を述べた。

そばで聞いていた和恵には、この父親は、息子の気持ちが全然わかっていないと思われた。なぜなら、あの日の悲鳴は、父親や母親、そして教師などの〝大人〟に向けられていたのに、父親は、手におえないやっかいな息子を育てたのは、離婚を要求してきている妻が悪い、妻のせいだと言わんばかりの口調である。校長室でさめざめ泣いていた国見の母親の横顔を和恵はふと思い出していた。

国見の事件が済まないある日、和恵自身が生徒に暴力を振るわれてしまった。

まさか女にまで、手を出すまいと信じていたのだが、標的に男女はなかったのだ。

曇天の日だった。何となく落ちつかぬ予感がしたので、昼食時、和恵は早めに、自分のクラスへ行ってみた。

配膳を見守り、全員の生徒の人数を確認していると二人いなかった。

いつもふらふらしている国見グループの高田と野村だった。

たぶんトイレあたりで、喫煙でもしているのだろうと思っていると、野村が一人で戻って来た。彼は二人分の給食をセットし、廊下へ盆を持ち出していこうとした。

「それを、どこへ持ち出すの。給食は教室で食べることになっているでしょ」

「うっせえな」

きつね目の野村は、キッと和恵をにらんだ。

「どこへ持っていこうと、知ったこったねえ」

教室のドアの前での押し問答。この時和恵も少しムキになっていた。頭にカッと血が昇って来た。手を広げて通すまいとする。すると野村は、ふいにお盆を和恵にぶつけてきた。皿の中の焼ソバが、牛乳が、スプーンが和恵のブラウスの胸に当たり、散乱した。

野村は、周りのテーブルを勢いよく蹴り、バケツを引っくり返し、廊下に飛び出した。

和恵は茫然とした。その後、猛然と怒りが寄せて来た。そのショックははかりしれない強いものだった。

向こうがしかけてきた戦争にひるんでばかりはいられない。しかし、そう思い出したのは、学校を休んで、三、四日経ってからだった。子供にも人権というなら、教師の人権はどうなるのだ。和恵の心の中に怒りは湧き上がり日ごとに大きくふくらんだ。

三日目に、夜の保護者会があった。

話し合いは、グルグル同じところをまわっていた。優等生の子の親は、国見グループの横暴によって、授業が寸断することが迷惑だと批判した。

国見グループの親達は、先生たちが、生徒を差別すると主張した。グループの生徒は、大体が低学力生徒である。勉強が面白くない、ついていけないから非行に走るのだと、親達はみていた。

砂のような心を抱いて、和恵は一日、横浜の海を見ていた。どこか遠くの海を見たかったのだが、電車に乗ってすぐ潮の香をかげるのは、汚れた空缶などを浮かべている横浜の海だった。

とうとう主任の田中が精神的に追いつめられてしまった。

登校してくるなり、国見グループに玄関で待ち伏せされたと察知した彼は、校長室に辞表を出すなり、同僚に一言もいわず、さっさと家に帰ってしまった。

国見グループが、学年主任の田中を待っていたのは、保護者会の発言に対して、聞き正そうと思っていたらしい。しかし前日、通勤用の自転車をパンクさせられ、しかも帰路に十人以上に取り囲まれてしまったという恐怖が先に立ち、田中は、何の説明もなく、帰ってしまったのだ。

校長が手を打って辞表は受けとらず、翌日から病気休職の方法をとった。

田中は、陣頭指揮を取らねばならなかったのに、まっ先に戦線離脱した。けれど彼の離脱は、教員サイドが手薄になっただけで、国見グループには何の効き目もなかった。

髪を金色に染め、赤いシャツを学生服からはみ出させ、ズボンにジャラジャラ飾りのマスコットをつけた国見がけさも行く。

悠々と廊下を歩いていく。時おり紫の煙を吐き出し、ペッと唾を廊下に吐いては、靴のまま、足あとをペタンペタンとつけて教室へ入っていく。

和恵の中で、何かが音をたててぷつりと切れた。

その音は、心の中に響いた。はてしない生徒との戦争が続く。

和恵はたぶん、生徒を殴ったり蹴ったりはしないだろう。しかし、心の中で思いきり、国見を殴ろう。父親も殴らず、大山も、田中もできなかった。あの泣いていた優しそうな母親なら殴るだろうか。

国見は殴られたがっている。だけどみんな逃げて、目をそらした。

理想的な生徒と教師の関係。それはアスファルトに漂う逃げ水のごとく、手を伸ばせば届きそうで、近づくとすっと遠のく。

和恵の求めているものは、いとおしさに溢れた存在なのだが、空しさだけがつかみ得たものだった。

三月、和恵の転勤希望は受理された。今度は下町の工場街の大規模校だ。

燃える運河

記憶の底に一つの風景がある。

岸辺なのだが、川でも海でもなく、水は凍ったように、寂寥を浮かべて波立っていた。

運河の水面は不思議に赤い。血を流したようでもあり、燃えているようでもある。吹き渡る風は、鼻の奥をつーんと火薬の匂いで、刺激する。

水に映る火を私はいったいどこで見たのだろう。私の心の澱に引っかかり離れない風景を思い出してみよう。

昭和二十三年の年の暮れに弟が生まれた。弟が一歳になるかならないかの頃、昭和二十五年に入って、隣りの国で戦争が始まった。

敗戦で、戦地から復員して来た父は、先輩の薦めで、金属統制会社に入社した。財閥解体後の隠れ蓑としか言いようのない会社ではあったが、父にとっては無難な就職のスタートだった。

結婚したての妻。すぐに生まれた長女の私。焼け跡の残る東京の街。

私の父母は、わずかな貯金と着物やカメラを売って、東京の大森に土地を買い、若い父は自力でバラックを建てた。

六畳一間と台所、主だったところは父のいとこの直治さんが植木屋の本職を通り越した器用さで、小さなバラックをサッサと建ててしまったという。

私も弟もなつかしいこの家で生まれた。ところが、田舎に疎開して窮屈な思いをしていた父の親兄弟、私のいとこ、はとこが、屋根のある家を求めて、民族の大移動のように続々と入り込んで来た。母の言葉を借りると「庇を貸して母屋を取られた」という狭い住宅事情に、まっ先に悲鳴を上げたのは、赤ん坊を抱えた母だった。

そのころ、ちょうど父に名古屋支店へ転勤の話が持ち上がった。両親は新天地を求める気分で、戦後の東京を後にした。私は三歳になったばかりだった。

名古屋での落ち着き先は〝清船《きよふね》〟という美しい地名の運河沿いの街だった。目に見えるものは、黒く光る運河と敷設されたばかりの広大な道路。人家はところどころしかなく、どこまでも荒地の原が広がっていた。住み慣れた東京の景色とは違うが、ここもまた焼け跡の荒涼とした風景が続いていた。

運河沿いに、父の会社は、金属類を保管する倉庫を建てていた。その簡素な飾り気のない建物は、荒地と調和していたが、どの倉庫も荷物でいっぱいだった。

道路に面した門のすぐ横に、事務所があった。粗末な木造の二階建てであった。一階は事務所に、二階は所長の山本さん夫婦が住んでいたが、社宅建設が間にあわず、急遽わが家が転入することになった。子供のいない山本さん一家は、同じ敷地内にある夫婦寮に移って行った。

階下の事務所には、山本さんの他に事務員が何人かいたが今ではほとんど思い出せない。ただ、クニちゃんという朗らかでグラマーな女事務員がいたことは覚えている。クニちゃんは私をとてもかわいがってくれたから。

引越したばかりの頃、私は一日中二階の窓から往来する車や人を眺めていた。

毎朝、同時刻にリヤカーを引っぱって通る八百屋がいた。木の箱にその日の野菜が入っていた。芋や菜っ葉の陰で、草色をした砂糖キビの束が見えた。私は食いしん坊だった。物心ついてから大人達が、食べ物の獲得に汲々としている姿を見て育ったので、特に甘い物の誘惑に弱かった。東京にいた頃は、進駐軍に勤めていた叔父がよくチョコレートやガムをもらって来て、食べさせてくれたのだが、名古屋に来てからは甘味に恵まれていなかった。子供心に舌を潤すその汁のほとばしりに憧れた。

今でもその傾向は十分にありすぎるのだが、軽率な性質の私は、思わず我を忘れて通過するリヤカーに向って、実に大きな声で叫んでしまったのだ。私はちゃんと言葉を選んで発したと思う。相手に伝わるように。私は砂糖キビが食べたいのだと。

今、思い出しても赤面ものだが、私はその言葉をはっきりと思い出すことができる。

「おじちゃん、砂糖キビちょうだい」

私はまだ、お金を出して物を買うことを知らない年齢だった。八百屋のオヤジはともかくびっくりして足を止めた。そして、とびきり太いのを一本、私の頭をなでて笑いながら渡してくれた。戦争で傷めつけられてはいたものの、そのころの人々はやさしかったのだ。好物の戦利品を大切に抱えて家に戻った。青味のある皮を剝ぐと繊維の茎が白く走っている。ギュッと歯に力を入れてかむ。甘い汁が口中に広がる。ガシ、ガシ、ガシ、かむ。汁を飲む。

外出から帰った母が、私の砂糖キビを見て咎めた。

「誰にもらったの？」

「八百屋のおじちゃん」

「物がほしい時は、お金を払って買うの。人にねだってもらうのは、乞食のすること」

「それ、悪いこと？」砂糖キビの後味は、とてもにがいものになってしまった。

まわりは荒地や倉庫ばかりで、子供を育てる環境が適切でないと母は考えていた。だから私が通える幼稚園を探していたのだが、どこも焼けてしまって施設がなかった。

近くに孤児院と並設の宗教団体がやっている所があると聞いて、母は見に行ったのだが尻込みして帰って来た。ボロをまとった皮膚病だらけの子供たちが板の間にすわっていて、目ばかり光らせていたそうだ。幼稚園といってもオルガンが一台しか置いてなかった。母は私を入園させるのをあきらめてしまった。

事務所から等間隔で、殺風景な幾何学模様の屋根を並べて倉庫群があった。時々トラックが倉庫の入口に横づけになっていた。扉は思い出したように黒い口を開けていた。中に何が入っているのか見たくてたまらなかった。たくさんの荷物を運び込んでいる人々の動きがわずかに盗み見られた。

母は倉庫を横目で見て言った。

「隣りの国で戦争が始まっていて、そのおかげで、秋美のお父さんの会社は大儲けしているのよ。倉庫の中には、戦争で使われた旧日本軍の弾薬や薬莢がしまってあるの。新しい爆弾にまた生まれ代わるのを待っているの。だからとても危ない。ぜったいに中に入って遊んだりしたらだめよ」

〝金偏景気〟という言葉を、当時大人達はよく口にしていた。

父は上機嫌だった。会社はなぜか儲かってしようがなかった。何しろ金偏がつくものは、すぐ売れた。月給袋以外の特昇袋を月に何度も母に渡した。その後の長いサラリーマン生活でこの時のような景気の良さは、父の人生で二度となかった。

南北に分割された不幸な朝鮮半島は、火薬の匂いで満ちていたのに違いない。しかし隣りの国の戦争で、父の会社は勢いを増し、焼土の私の生まれた国は経済力を建て直した。つい五、六年前まで、空襲の中を逃げまどっていた同じ人間が、戦争の苦しさやつらさを忘れてしまったかのように、目前の生活に追われ、かつ弾薬を造っていた。会社の倉庫で眠っている薬莢の山。なぜ薬莢だったのか、やっとこのごろわかってきたのだが、当時の私は、日の光や草の匂いの方に気をとられていた。

私は外で遊びたくてうずうずしていた。同じ年頃の友達が欲しくてしかたがなかった。小さい弟はコアラのように母にしがみついて離れなかったから、遊び相手としては不足だった。

いくつもブロックに分けられた倉庫群の一番外れに、小さな平屋が一軒あった。そこには雑種の犬と子供がいた。犬とはまっ先に友達になった。犬のあとから、カヨちゃんがはずかしそうに現われた。お腹のへこんだ汚れたキューピーを私に見せて、おずおずと近づいて来た。カヨちゃんは倉庫番の岡崎さんの娘だった。年は私より一つ上だった。

カヨちゃんは笑うとエクボが頰にできた。しかし片方の目が、いつも斜めを見ていて、二つの目の玉が、けして一緒に目的のものを見ようとしなかった。遠くを眺める表情が妙に大人っぽかった。

雑種犬とよく駆けまわっていたのが、カヨちゃんの兄に当るノリちゃんだった。よく笑う色の黒い元気な男の子だった。カヨちゃんの下にハルヲという弟がいた。一年中頭に湿疹をつくっていて、一年中口からよだれをたらしていた。ハルヲは三歳になるのに、ちっともしゃべろうとしなかった。

私達はすぐに友達になった。かくれんぼをしたり、石けりをしたり、雑草を摘んでママゴトをした。

カヨちゃんのお母さんは、背中に赤ん坊をくくりつけて、忙しく働いていた。かすれた大きな声でよくノリちゃんを叱っていた。ノリちゃんが子守をさぼって、裸足で素早く逃げ出すのだが、たいていはつかまってしまい、赤ちゃんを負わされていた。

擦り減ったゲタで、元気よく走りまわっていたノリちゃんの顔も忘れられない。

お父さんの岡崎さんは、小柄で、髪はだいぶ白いものが混っていた。顔には深い皺が刻まれていて、背中を曲げてゆっくり歩いていた。岡崎さんは、南方の戦地からやっとの思いで帰ってきたら髪がまっ白になってしまったのだそうだ。

雨の日も風の日も、夜遅く咳をしながら、倉庫を見まわる岡崎さんの姿があった。

不思議なことに、岡崎さんは、他の人とめったに口をきくことがなかった。私達子供には、静かな表情でほほえんで通りすぎるだけだったが……。

ある日のこと、この日もトラックが朝からあわただしく到着した。日雇い人夫たちが忙しく荷作業を始めた。ちょうど、事務所から岡崎さんが出て来て、作業の横を通らなくてはならなくなった。その人夫たちの古株らしい男が、岡崎さんに対して、からかい気味の罵る言葉をかけた。

岡崎さんは黙って通って行った。厳しい無言の背中を向けて。

母もからかわれたことがある。その時は私もそばにいて、とてもいやな思いをした。古株は母にこう言ったのだ。今で言えば完全にセクハラのセリフだ。

「よお、いい胸しているじゃないか。ダンナにだけさわらしてんのかい。羨ましいね」と。母の胸は豊かだったが、小さな弟の占有物で、私だってさわらせてもらえないのだから、古株はいったい何をわめいているのだろう。

通り過ぎた母の後ろから、卑猥な笑い声が起った。母は顔を強ばらせ、横を向き、胸をつんとさせて、

「よけいな、お世話！」と渋い顔をしてみせた。

事務所の山本さんは、岡崎さんとはたいして年が違っていなかった。それなのにずいぶん威張っていた。アルコール好きなよく光った顔の中に、小さな窪んだ目があった。でっぷり太った下腹があった。山本さんはなぜか岡崎さんを首にしたがっていた。岡崎さんは謙虚で寡黙な倉庫番だった。でも山本さんの方は、腹の中で、腕っ節の強い若い人を雇いたいと考えていた。山本さんがどんな理由にせよ、誠実な岡崎さんを嫌っているのは、はた目にもよくわかる。

夕食時、父と母は噂話から、次のように結論づけた。

倉庫の品物が近頃頻繁に盗まれる。金目のものというより、金偏の物なら、どんなものでも金になる世の中。だから昼間ここに働きに来ている者で、内部に詳しい者が、見当をつけておいて、

夜を待って、巧妙に侵入して、倉庫を荒らしているらしい。

夜警の岡崎さんは、犯人を何度も取り逃がしているのだった。

山本さんは、名古屋の支店長から管理の甘さを厳しく叱られた。その腹居せもあるらしい。しかし、山本さんの怒りが、岡崎さん個人にだけ向けられるのは変な話だと、父も母も思っていた。

岡崎家は、倉庫の一番外れの日当たりの悪い場所に建っていた。小さな女の子の足では、けっこう歩き甲斐のある距離だった。

私は大好きなカヨちゃんに会いに遊びに出かけた。腹ばいになって岡崎さんが寝ていた。その日、岡崎さんは頭に白い包帯をしていた。庭から縁側を伝って奥が見えた。岡崎さんのそばでハルヲが遊んでいた。ハルヲが口をパクパクさせて声を上げていた。ハルヲが声を出すのはうれしい時が多い。

「ウ、ウ、ウ……」と言っている。外は昼間の日光が反射してまぶしいくらいなのに、部屋の中はいやに暗かった。岡崎さんの包帯ばかりが目に染みる。

昨夜、夜警の仕事に出た岡崎さんは夜の闇の中で、倉庫荒らしを見つけた。泥棒は、岡崎さんに殴りかかり、岡崎さんは勇敢に闘ったのだけど、頭に傷を受けてしまった。

「泥棒！」と声を上げようとして、最初の声がなかなか出なかった。

「ド、ド、ド……」

岡崎さんはひどい吃音だった。泥棒たちは、岡崎さんを殴り倒して逃げた。

いつの頃からか、私の家に当時最新式の電気蓄音機が運び込まれた。父が母を喜ばせるために購入したビクターの新製品だった。

大きな箱のフタを開けると、レコードがクルクル回っている。

針をそっとおろすと、「テネシーワルツ」のスローテンポの曲が流れる。

日曜日の午後になると、ダンスを踊りに来る会社の若い人たちで、わが家は溢れるほどだ。父も母も独身者に交って、その時ばかりは、気分は〝独身〟でワルツのステップを夢中で踏んでいた。

私の家の畳の縁どりは、彼らのスロー、スロー、クイック、クイックで、擦り切れていた。

子供の私には退屈でたまらない時間だった。当節の流行に乗り遅れてしまった中年の山本さん以外は、ほとんど熱病のようにダンスにかぶれていた。人数の大半は男性だった。事務員のクニちゃんは大モテだった。そして誰よりも張り切って踊っていた。よく太った小柄な体を軽々と舞わせていた。クニちゃんの若さは、ダンスによって輝いていた。丸い体が楽しそうに弾んでいた。電気鏝《ごて》でカールした髪が顔のまわりでくるくるとワルツを踊っていた。

恒例のダンス会の最中、私は玄関先に腰をかけて、ぼんやり地面にお人形を描いていた。

にうるんでいた。

カヨちゃんがとてもうらやましそうに近づいて来て、二階の方を指先で示した。離れた目が妙
「あーあ、早く大人になって、カヨコ、ダンス踊りたい。聞いて、秋美ちゃん、私、覚えたよ。スロー、スロー、クイック、クイック」楽し気な身ぶりでステップをした。

カヨちゃんは自分で言いながら興奮して、片方の目を遠くの方へはなれさせて、うっとりする。どこか遠くでワルツを踊っている目つきだった。

大人になって、カーラジオか何かで「テネシーワルツ」を聴いた時、無性に胸が痛く、なぜかその時、カヨちゃんの顔を思い出していた。

私は、カヨちゃんにあやまらなければいけないことがあるのだ。でも、そのことは、深く沈めた胸の澱《おり》として、なるべく思い出すまいと心に決めていた。


倉庫を囲む塀の向こうは側は荒地だった。

雑草の強い匂いとともに、荒地には不思議な世界が広がっていた。丈高い雑草を踏みしだいて、運河に落ち込むすれすれの所まで、私は、ノリちゃんに連れられて、こわごわついて行く。

低い軒の集落があった。運河は脇を流れていた。細いロープでつるされた洗濯物が翻り、雑多な荷物が積み上がっていた。

豚の囲いがあった。その陰から、汚れたシャツの男の子が飛び出して来た。

その子は細い光る目で、私とノリちゃんをじっと見た。

私が初めて見る朝鮮の子だった。母は運河のほとりにある集落へは、けして行ってはいけないと言っていた。

「怖い人が住んでいるから」としか教えてくれないのだが、私にはよく意味がのみこめなかった。

「お前ら、父ちゃんの会社の品を盗むな」ノリちゃんは棒を振りまわし、顔をまっかにさせて叫んだ。男の子に向って猛烈なタックルをかませると、あっという間に殴り合いが始まった。

キムスヨム。一番初めの出会いがケンカだった。ノリちゃんは、大人の噂をまともに受けて、父親の仇をうちに来たのだ。

二人共組みついて離れなかった。上になったり、下になったり、泥んこになってケンカしていた。

私は困ってしまった。どうしてよいかわからずおろおろしている私の傍らで、とぼけた調子で鶏が、コ、コ、コとケンカを眺めていた。豚がギーッと鳴いた。私は豚に負けず泣き出した。あまりのすさまじい泣き声に、二人はあっけにとられてケンカをやめた。ぽかんとした顔が二つあった。

その時、粗末な戸が開いて、キムスヨムによく似た顔の女の人が首を出した。

「こらぁ、うるさく泣いているの、どこの子だ。スヨム、何してる」

女の人は大きな声でまくしたてた。

「こいつ、俺らのこと泥棒って言って殴りかかってきやがった。俺たちゃ、クズ鉄を拾ってはいるけど、盗みはしてないよな。母ちゃん」

キムスヨムの母ちゃんは、

「ハハァ、そんなことでケンカしてたのか。私の生まれたクニは今戦争してるよ。子供に話したってわからないだろうけど、あんたらの国は、私の国にとてもひどいことした……」

そう言って姿を現わしたスヨムの母親は、私達に砂糖キビを一本ずつ与え、「安心しな。この部落の者は悪いことしてないよ」とノリちゃんに言った。

ノリちゃんは鼻をすすって黙ってしまった。その日から、キムスヨムと、ノリちゃんは二人で仲良く遊ぶようになった。

私は女の子だから、時々しか仲間に入れてもらえなかったが、私は母の目を盗んで荒地に入っていった。そこは気持ちの良い自由な空間だった。羊のような雲を浮かべていた広い空を思い出す。

今と違って、あのころは高い建物なんてなかったから、空も地面も広々としていた。捨てられたドラム缶、雨ざらしの板、いつ放置されたのかわからない土管。私達子供の隠れ場所、遊び道具にはこと欠かなかった。

土管の中から、丸い空を眺めたり、空き缶で馬のひづめを造ったり、拾い集めた板で、小屋を造った。おまけにキムスヨムはザリガニ捕りの名人だった。

雑草の匂いのする昼下がり、ブリキの器に太ったザリガニがハサミを持ち上げ、重なるように、ごよごよ動いていた。

「これ焼いて食べるとうまいよ。父ちゃんこれでドブロク飲む。こうやって皮をむしって食べると、ほら、秋美も食べてみな」と薄紫の煙を立てながら、七輪で焼いてみせる。ザリガニはこげていい匂いだった。キムスヨムの手にかかると、どんなものでもおいしい食べ物に変身した。


服に草の実をつけて帰ると母は怒った。

「荒地に入って遊んじゃいけないって、あれほど言っているのに」

母の言葉は毎日のように私の背中にくっついてきた。けれども私はカヨちゃんと、荒地でママゴトをしていた。

夏の日射しが強く輝く。

背丈より高く荒地野菊が咲いていた。その白い花は、夏になるとそこを覆った。白くて小さな可憐な花をいっぱいつけた。

建物の跡らしいコンクリートの台の上で、私はカヨちゃん相手に遊んでいた。小さなコップに砂のごはんを詰めて、二人であどけないやりとりをしていた。

コンクリートの固まりが白い夏の光に反射していた。

キチキチバッタが石の上で羽を休めていた。運河は遠くで光っていた。眠くなるような静けさだった。私はカヨちゃんに、私の思いつきの話をはじめた。それは途方もない夢のような話だった。

「カヨちゃん、倉庫の中に、何が入っているか知っている？」

カヨちゃんは首を振った。

「あの中にはお人形がどっさりあるの。おもちゃもね」

「ビスケットが入っているといいね」カヨちゃんが言った。母は、爆弾が入っているから危ないと教えてくれたのだが、どんな形や、どんな色をしているのか想像もできなかった。だから、ちょうどこんな空想がゆかいだったのに違いない。

ふとカヨちゃんの方を見ると、カヨちゃんの表情がくすんだようにこわばっている。

異様な気配が背後でした。思わず体をよじり、黒い影に向って、私は声をのんだ。人影が石の上に落ちた。

見知らぬ男が、私の後ろに立っていた。なぜかとてもいやな気分になり、背筋がゾクリとする間もなく、蝶を捕える仕種で、男の大きな両手が私の肩に掛かった。

ザラッとした低い声が耳元でした。

「こわがらなくていいよ。お兄ちゃんといいことしよう」

キチキチバッタが急に石の上からはねた。夏草が強く匂った。

風が止み、あたりは静けさそのもので、私とカヨちゃん二人を包んだ。倉庫の屋根が、はるか遠くの山並のように見えた。

荒地に現われるという恐い人の話を母とクニちゃんが以前していた。でも荒地の魅力に負けて、ずっとそのことは忘れていた。荒地に遊びに来させないためのおどかしだと思っていた。そうだ、この黒い男は母の言っていたこわい人なのだ。「いやッ」反射的に、男の手から飛び出した。

「カヨちゃん、逃げよう」と私は言ったかどうか覚えていない。たぶんそんなゆとりはなかったと思う。

私は後ろを振り向かなかった。無我夢中で走った。のどの奥が恐怖でひりひりした。ところが夢中で走っていて、途中で愕然とした。後ろから走ってくるはずのカヨちゃんがついて来なかった。カヨちゃんはどうしちゃったのだろう。おびえたまま、その場に居るのだろうか。

「どうしよう」小さなオカッパ頭の中は恐怖で爆発しそうだった。この場で泣くか、母達に助けを求めるかどちらかしなければと思った。

夏草の中から、ふいにキムスヨムが現われた。

私は夢中で、彼に話した。ほとんど泣き声に近い話しぶりで、訴えた。舌は震えて、すすり泣きの声が出てしまう。

キムスヨムは緊張した顔に変った。私の様子が変だったのだろう。私は自分が走り逃げて来た方向を指さし、

「カヨちゃんが……、カヨちゃんが……」と言っただけだった。キムスヨムは黙って走り出した。私もスヨムのあとを追った。足が草にもつれてうまく走れなかった。何度もころんだ。スカートが破れた。カヨちゃん、待っていて。

カヨちゃんの上に、男が馬乗りになっていた。男はカヨちゃんに触れるのに夢中で、背後の私達に気づかなかった。

キムスヨムは、とっさに大きな石の塊を両手に抱えた。それを頭上より高く揚げ、激しく振り落した。男の後頭部にガシッと鈍い音がたち、石は直撃弾のように当った。男はうめいて、倒れた。白眼を剝いて、「うーん」と言った。血が頭から吹き出た。顔は妙にゆがんだ。放心状態のカヨちゃんを素速く、男の下から引っぱり出したのもスヨムだった。

「大丈夫かい。さっ、逃げよう。この男、死んじゃうかもしれない」スヨムはかすれた声で言った。

か。

「カヨちゃん、カヨちゃん」私は、カヨちゃんの名を何度も呼んだ。私は悲しくてしかたがなかった。自分だけが逃げてしまった事だ。カヨちゃんが大好きなのに、カヨちゃんだけ恐い目にあわせてしまった。カヨちゃんは許してくれないだろう。カヨちゃんになんて言ったらよいのだろうか。

カヨちゃんの左右に離ればなれになった目を見るのがつらかった。

その夜、家に戻って、私はじっとしていた。もうカヨちゃんは遊んでくれないだろうなといじましく考えていた。

そして夢を見た。

私は首を絞められていた。男の太い指で。私は脅えて泣いた。もがいていた私の傍らに白い石がころがっていて、それが気がつくとカヨちゃんの首で、私はあらためてゾッとした。

私は家からあまり出なくなった。

秋風が立ち、荒地に出かけることもなく、命の恩人スヨムと会うこともなく数日過ぎた。

浮浪者が運河にはまって死んでいたと大人たちが噂していた。

「おお、いやだ」クニちゃんは、眉をしかめて窓外に目をやった。

冬の季節風が吹き出した。私は母と買物に出かけ、いっしょに歩いていた。バス停から荷物を持って、わが家に向って広い道路を歩いていた時である。

ドーンという耳が破けるほどの大音響が轟いた。

「爆撃だッ」母は、びっくりして音の方に走り出した。戦争は終わったはずだった。戦争をやっているのは隣の国のはずである。

私達の行く手に火柱と黒煙が上がった

「爆発だ。金属会社の倉庫が燃えている」道を走り出している中年の男の人が叫びながら母に言った。

倉庫が爆発？　呼吸をはずませ、事務所の二階の住いに駆けつけた時、一つの倉庫が焼け落ち、二つ目に延焼し、引火した火の手は空高く上っていた。

あたりは黒山のひとだかりになって来た。

倉庫の中には爆発物が山積みしてあった。

住人に避難命令が下った。「家財道具をまとめて退避して下さい」防火服を来た消防の人がメガホンで怒鳴ってまわっていた。

母は大急ぎで、必要なものをまとめ出した。事務所の人々も書類や金庫の重要品を持ち出すのに大わらわだった。母はいつになく恐い顔で、ほとんど私の方に注意を向けず、荷物を運び出す準備にかかりきりであった。

三つ目の倉庫が燃えてしまった時は、すでに晩秋の闇があたりに迫り、早い夕暮れが、火事を見守る人々に訪れた。

寒気が運河から這いのぼってくる。

母は私にセーターやコートを何枚も重ね着させた。たくさん着ても歯がカチカチ鳴った。

避難先の仮設テントの中で、山本さんが吐き出すようになっていた。

「チクショー、チクショー。倉庫内でタバコを吸うなと、あれほど現場の人夫たちに言っておいたのに。クソッ、俺を甘くみおって。空の薬莢を積み上げた場所に吸いがらを捨てた奴は、生かしちゃおかないぞ」

言葉の終わりの方は、かすれて風に吹き消されてしまった。

いつの間にか会社から戻った父も荷物を運び出すのに追われていた。

強風にあおられ、倉庫は次々焼け落ちた。そして残念なことに、カヨちゃんの家もあっという間に、炎に包まれた。

全焼するまでにたいして時間はかからなかった。

岡崎さん一家は、それぞれ小さな風呂敷包みを持って、寄り添って立っていた。一家五人は荒地に揺れる枯れた野菊のようだった。

急に岡崎さんのおばさんが、狂ったように泣き出した。その声に誘われてハルヲも泣き出した。カヨちゃんも手を目に当てた。ノリちゃんは、唇をまげて黙っていた。

岡崎さんは肩を落とし、茫然と火の手を見ていた。暗いさびしい顔だった。窪んだ目の奥に炎が映っていた。

この火災の後、会社は倉庫を閉鎖したので、岡崎さん一家は職も家も失った。

大音響で爆発を繰り返し、暗い夜空に冬の花火のような火柱を吹き上げたあの悪魔のような力はいったい何だったろうか。めざめた怒りのような風が、そこにいる人間たちを無残に叩きつけるように吹き荒れていた。

運河にはいつまでも赤い炎の色が反射し、ゆらめいていた。

六月の酒

㈠

カチッと金属音を鳴らして、ドアを開けた。三和土《たたき》に乱暴にくつを脱ぐ。足がむくんだように重い。一日中降り続いた雨のせいか、部屋の空気が湿気でじめりと沈むようだ。

三原信子は部屋の隅の鏡台の前へ立ち止まり、イヤリング、ブレスレット、そしてメガネもはずす。会社から戻ってくると身につけているものを全部取るのが信子のくせだ。それからクレンジングクリームをたっぷり、おでこや、鼻の上に塗り、ごしごし化粧を拭き取る。ちょっと疲れて、くやしいけれど目尻にシワのある三十六歳の女の顔が現れてくる。近視の目をうっとり半眼にして、唇を半開きにして、いつもの得意の表情をしてみる。

まだまだ捨てたもんじゃないわ……と、心の中で思う。

突然、今夜の課長の言葉が信子の耳元に聞こえてきた。信子は放り出したハンドバックをガサガサかき回し、飲み屋の領収書をこまかく指先でちぎった。

全く、課長の奴、私を何だと思っているのだ。この十五年のキャリアの誇り高い私を……。

憤りがふつふつと湧いてくる。隣席にいる課長代理の無能な原さんより、よっぽど私の方が仕事が出来る。それなのに、私の仕事ぶりを一方で評価しているように見せかけておいて、裏では私をやはりただの女としてしか見ていないなんてひどい。優しい態度で近づいてきたのも下心あってのことだった。人をさんざん待たせた挙句、やきとり屋で言ったセリフが気にいらない。女房や子供の自慢話をする男なんて最低だと思ったらそれよりもっと最低。

顔をぐっと近づけて、テラテラっとした顔で、悪びれず言うんだもの。

「三原君、キミのことずうっと好きだった」

愛しているとか、好きだとか、そういう言葉は、あんなやきとり屋で、簡単に言えるものなのかしら。フランス料理のレストランのほの暗い間接照明の下で、ワイングラス片手にぐっと迫ってくるのなら少しは考えてもいいセリフだけど……。

やっぱりバカにしているわ。やきとりを食べた後、その串で歯をせせりながら、おもむろに切り出したのよね。いったい、そんな大切な話を、歯をせせりながら言わないでよ。だから中年過ぎちゃった男って嫌い。エチケットを知らない上に、不必要に腹までたるませているんだから。若い男性社員なんか、軽っぽくて、余り幼くて相手していても疲れるし、課長は、まあ同世代だから、かなり気をゆるして、優しくしていたのよね。それが、どうでしょ。男って油断もスキもありゃしない。

第一、課長は、私が独身なのを知っていて、その上で試そうとする魂胆が見え透いているわ。

「三原君、これからラブホテルへ行こうよ」ですって。おお、幼稚園の子供に言うように、言わないで。あの連れ込み旅館の西洋風になまった発音聞くのも嫌なの。ホテルならオータニとか京王プラザホテルの何階に部屋がとってあるっていうんなら許せるわ。寝心地の良いベッド。光りの海の下界を見おろしながら、六月の雨の夜を過ごすなんて最高の贅沢だもの。相手が課長でも、がまんしたってかまわない。

課長の視線、空想の胸の内に、私の裸があったとしたら、おお、いやだ。ぞっとする。シャワーを浴びよう。

信子は下着を取りながら脱ぎ捨てたパンティを見る。

「一回だけだよ。減るもんじゃないから、いいだろ」課長の声が耳の奥に残っている。減るもんじゃないって。勢いよくシャワーのカランをひねる。お湯が激しく胸や背中を打つ。

バスからあがると、やきとり屋でのアルコールもさっぱり抜けた気がした。

信子は冷蔵庫から、よく冷えているビールを出して、コップに注いだ。会社から、一人住まいの自分の部屋に戻って来て、シャワーを浴びた後に飲むビールの味がたまらない。今日一日働いてきたぞという気がする。

結婚なんて、面倒で、性に合わないと考えてきた。

父にいつもいじめられて、小さくびくびくして暮らしている母親を見て育ったので、男に対しては幻想を持つまいと思っている。

ビールを一本飲み終わると、急にタバコが吸いたくなる。ハンドバッグからセブンスターを取り出した。課長が渡したくしゃくしゃな千円札が、いっしょに出てきた。その札を見るだけで、いまいましい思いが込み上げてくる。

ライターをカチッと鳴らす。炎の先をゆっくりと見つめてから、ふっと吸い込む。この一瞬が無心の境地だ。もう何もかも、今日あったいやなことは煙りとともに忘れよう。明日からまた会社に行こう。女一人で暮らすに足る十分な給料をもらっている。仕事はよくわかっていて、皆が一目おいてくれる。入社したての女の子なんて、信子の顔色を伺い、機げんとりをしている。陰で悪口言っていたって、信子の方が仕事ができるから、後で困った時、助けてやらなければいいんだ。部屋に戻ってきて、誰に気がねをするわけでもない。

さあ、ゆっくりベッドでくつろいで、雨の音を聴くのだ。

一日中、雨の音がしている六月の夜は、きっと抱きしめると重いだろう。

㈡

今日は買物に出かけなかった。だって一日中雨が降っていたから。増渕みなみは吐息をつく。台所の前に立つと、棚からホーローの厚手鍋を取り出した。

水を入れ、コンソメスープのもとを一個落とし、野菜を刻みにかかる。夕食の支度に取りかかる。電話の声が耳元で反響する。

「ねえ、覚えている。ほんとうに、びっくりしないでよ」

五分程前に、勢いよくかかってきた電話だった。大学時代からの親友の希世だ。

「シゲルよ、シゲルが来たのよ。私の店に。十五年振りに会ったでしょ。初め、わからなかったの。ねえ、あんたのシゲルが今ごろ現れたのよ。ニュースでしょ」

希世のバカ。鍋の煮えている間、みなみはダイニングの椅子に座り込んだ。

そっとしておいて欲しいわ。切ない夢を。希世のおせっかいで、ぶちこわして欲しくない。

シゲルのことを思い出すと、いつも決まって哀切な音楽が聞こえてくるように、胸の奥がジーンとふるえる。みなみの青春の大切な部分を占めていた思い出は、もう掘り起こしてもらいたくない。

今晩も夫の正弘は帰りが遅いだろう。

ウイスキーの水割を作って、口に運ぶ。毎晩の習慣のようになってしまった。

結婚してから、ずっと、毎日こうやって台所に立った。

夫の正弘が帰ってくる時間を計算して、おいしいものを作ろうと、料理の本もずい分読んだ。

それで、みなみの料理熱心は評判になり、夫も、家に同僚を連れてきては、妻の手料理を自慢したものだ。

アルコールが頭の奥を緩慢に溶かし始めるまで、希世の電話を反芻した。目を閉じると、シゲルの部屋の前に佇むみなみ自身の姿が浮かんでくる。寂しそうに立っている自分の姿だ。

みなみはシゲルの子を堕ろしていた。二十一の時だ。シゲルは知らない。もちろん、夫の正弘も知らない。このことはみなみだけの、胸中に埋めてある事実なのだ。

産院のベッドで、不安に打ちのめされ、足を開いていたみじめな自分を思い出す。その姿を打ち消そうと、何度努力し、身もだえたことか。苦しい恍惚の一瞬がくるまでみなみは強い酒を飲む。

麻酔をされ、五つ数えなさいと言われた。

一・二・三・四・五と数えたとたん、らせん状の渦の中を、奈落に向って落ちていくのか、どんどんどんどん昇っていくのかわからない浮遊感があって、どこか遠くの闇の彼方で、熱い痛みが走っていた。沈んでいく夜の中に血の匂いがした。

すでにその時、たくさんの涙の袋が、体内から取り出されていて、もう、これから泣いてはいけないと思ったものだ。

みなみはシゲルと別れた。若かった。未熟だったと理由づけにはこと欠かないが。

別れることが、みなみのなくした子への責任だったのだ。

タバスコをかけすぎて、舌をヒリヒリさせながら、学生食堂から出た時、シゲルとばったり会った。その一瞬をみなみは忘れない。やせて背の高い、みなみの好きなタイプの男子学生だった。法律家を目ざして勉強中だと言った。無口で気むずかしかった。時間が深まるほどにみなみがシゲルを一方的に好きになっていった。

あの頃学園内は紛争で騒然としていた。闘争をやっている学生たちには、目標があり、勝ったの負けたのと騒いでいた。無関心派の学生をノンポリと称し、かなりの数がいたにもかかわらず、彼らは学園から離れた生活をおくっていた。

シゲルはアルバイトに精を出していた。学費や生活費をほとんど自力で稼いでいた。法律の本を開く暇がないほど、肉体労働などをして疲れていた。

世の中の時の流れとは別の感覚で、ふたりは時間を見つけては会って、いろいろな話をした。あんなにたくさんの話を一人の人にぶつけていた時期は、みなみの人生にとって後にも先にもない。もちろんみなみの方が話の量は多かった。今では、どんなことを話していたか思い出せない。

お金がなかったので、二人で東京中をよく歩いた。くつがすり切れるまで、歩きながら話した。思い出の中の幾本もの道が、みなみの脳裏に続く。そよいでいた街路樹。

ハリエニシダ、ポプラ、柳、桜。並木はシゲルといっしょに居られることの幸せに酔っている若いみなみの頭上にいつもあった。

六月の護国寺近辺。師走の風の中で聴いた東京カテドラルのパイプオルガン。皇居の新緑。青山通り、渋谷から原宿へと辿る道。パステルカラーに色彩を施された美しい場面場面が記憶に塗り込められていた。

スパゲッティをよく食べた。相変わらずタバスコをかけ過ぎて舌をひりつかせた。

シゲルにいつも笑われた。もっともっと会っていたいのに、シゲルは、明日の仕事があるといって別れていった。二人でいっしょに長くいるには結婚しかない。みなみの幼い頭は、そんな結論を描いてしまっていた。そして、そのことばかり思いつめていた。

みなみは、今、はっきりと思い出す。

千駄木の谷間にあった下宿屋の薄い扉を。ギシギシ音をたてる汚れた木の廊下を。いつもしのび足で、シゲルの部屋の前に立った。シゲルは怒った顔で、みなみを請じ入れるだろう。隣人を気づかって。

「あんまり電話をかけないでくれ。取り次ぎの下宿のおばさんが嫌な顔するんだ」

そこの下宿は、電話がかかってくると取り次ぎ料を取った。おばさんの掌に二十円渡すと、「短くね」といって障子をぴしゃっと閉める。

「今夜、泊めてよ。帰らないから。」

めくるめくような沈黙。

北側の窓に一本のヒマラヤ杉が見えた。

シゲルは帰れとは言わなかった。困惑の表情を浮かべ、黙っていた。あの夜のみなみはどうかしていた。自分で創った筋書きに、自分からのめり込んでいった。

たった一回、あの固いベッドに泊った。シゲルのやせた胸にわが身を預けた。

幻の夜の底が、時計の針を止めたまま、みなみは眠ってしまった。


カラになったコップに氷がカチカチと鈍く鳴った。鼻が変に痛くなり、涙がつつーと落ちてきて、みなみは我にかえった。ティッシュで鼻をかむ。

シゲルの名を、何年か振りに聞いたので、みなみの感傷の箱がはじけた。

六月の湿った夜気が、ベランダから入ってくる。みなみはテーブルに頬づえをつく。スープの鍋は煮たっている。

怠惰な日々が巡っては消えていく。

東京中を歩き回っていた健康な足はどこへ行ってしまったのだろう。みなみは歩き回るのも億劫な団地の部屋を思った。

このごろは、きれいに片付ける気持ちも湧かない。部屋中から、腐臭が立ち昇ってくる感じだ。それが少しも不快ではない。

結婚したてのころ、清潔好きのみなみは、少しでも部屋の中が、汚れていると、神経質に一日中掃き清めていたものだった。丹念に美しく部屋の中を整えていた。

それが今では、雑然と汚れた部屋の中にじっとしている方が心が落ちつくのだ。

夫の正弘とは、父の上司の紹介で見合いした。きらいなタイプではないから、いっしょに暮らせると思った。夫は毎晩十一時帰宅のモーレツ社員であった。初めのうちは一人で待つのが淋しくもあったが、今ではもう慣れてしまった。

ほんとうに十一時まで仕事があるのだろうか。疑いの気持ちが起こった時もあったが、もう一人でいるのを何とも思わなくなった。どこかで一生懸命働いている夫がいて、みなみをそんなに必要としていなくて、丁度よかった。

みなみは、ぼんやり一日雨の音を聴いて暮らす。

三杯目の水割りを飲み終えた。

手に入らなかったもの、なくしたもの。そんなものを一つ一つ数えて夜が更けていくのだ。

谷間の小さなシゲルの部屋。何度も夢の中であの部屋に戻っていった。幾夜も夢の中で、泣いていた。

夫の正弘の寝息を静かに聞きながら、夫に知られないようにこっそりとシゲルを待って、待ちくたびれて帰ってくる夢をよく見た。

けれども、どういうわけか、夢の中の住人はいつも不在だった。

みなみは、二十一歳の心のまま、今もあの部屋に戻っていく。ヒマラヤ杉の見えるあの部屋へ。

㈢

須藤シゲルと名のって、差し出された名刺を見て、笹塚希世はすぐ友人の増渕みなみの名を思い出した。

しかし、目の前に立っている男は、かつてみなみを捨てたあの男なのだろうか。

希世は再び、名刺の名と、その男を見較べていた。

希世は銀座の一隅でスナックを持って十年やってきた。ＯＬをさっさと辞め、その時いっしょに働いていた仲間に信子がいた。希世は金を儲けたかった。店を大きくしたかった。そのためには、何でもしてきたし、何でもするつもりだった。

今日、シゲルが希世の店に現れたのは、偶然だった。だからよけいびっくりしてしまったし、これは大変だ！　と思った。

希世は店で働かせている女の子を曜日ごとにパートで雇っていた。希世が昨日首にした真理子の代理人として、彼はやって来たのだ。

真理子は半年ほど希世の店に勤めていたのだが、性格がルーズで、客に媚を売る割に、どうも信用がおけないぬけ目なさをもった女だった。それは希世の性格に通じるものがあったから、すぐ目についたのだ。長年のカンで、希世はオーナーとして、真理子に気をゆるしていなかった。しかし、半月前に店の客と一週間ほど、ハワイゴルフに行っていた間、店の売り上げ金を、真理子がごまかして請求していたのがわかった。店の外で、店の客とかなり自由につき合って、金品を受け取っているのもわかった。それは古くからの希世の上得意の客だった。そこで、女の子を首にする時のいつものやり方で、証拠を並べ、昨日辞めるように勧告したのだ。

真理子は、唇をゆがめて不服そうに聞いていたが、「他にもっと儲けの良い店があるわ」と捨てゼリフを残して去っていった。

希世の店の女の子は、割り合い長続きして、お客に好まれるのだが、真理子の場合は特殊だった。雇う時はよいのだが、辞めさせる時の気まずい感情は、希世にとっても嫌なことだった。甘い経営をしていたのでは、この世界ではやってはいけない。心を鬼にする場面では、鬼以上にならなければ……。希世は自分にいいきかせて、いつになく店の酒をあおった。

希世は、真理子の代理人だという男を眺めた。心の中で舌うちしながら。希世はきっぱりと追い出す者に儲けさせる気持ちのないことを示した。それから急にみなみのことを思い出し、みなみが哀れになった。その感情は唐突に湧いてきた。

「なにぼんやりしているんだ。真理子はな、他の店でも誘われていたんだよ。あんたの店に操を立てて、半年もよく働いたじゃないか。それなりの礼ってものがあるはずだぜ」おどしを帯びた表情のない声が、低く響く。

かわいそうなみなみ。

希世の目が、優しく光ったのを誤解したのか、男はかえって狂暴な表情になり、声を低く荒げた。

「俺をバカにすると、あんたも痛い目にあわなくちゃならないぜ」

「よしてよ。真理子には十分お礼するわ。けして損なぞさせない。だけどちょっと待ってね。私あんたと昔会ったような気がするけど……。エート、どこだったっけ。あなたみなみって名前の女、覚えてないかしら」

希世の最後の言葉尻は、急に優しくなった。

シゲルが、こんな男で現われたことをみなみが知ったら、落胆するだろうな。気の毒に。でも、あの平凡な主婦の座について、暇をもて余し、ぼんやり夢見て暮らしている彼女の夢を砕くのも、ちょっと悪くない話。現実ってこういうもんだって教えといてやるのも刺激になるかもしれない。

希世は、みなみに対して、いつもいらいらしながら、好意を抱いていた。学生のころから、少女が大人にそのままなったような現実を直視しないあぶな気なみなみを、しかりとばしながら、愛していた。こういう商売をしていると、女同士のつながりは、金がからんだり、憎悪が陰で渦巻いていて、けっこう心をゆるし合わないものだ。そういう点からいっても、みなみは、別世界の住人だし、経営上の愚痴をこぼしたり、男にだまされた話をしても、希世のことをよく見守り、聞き役になってくれた。まさに、良き友だった。

現実的で打算に走る希世とは対極にいて、お互いに認め合っていた。だから、みなみの学生時代の破れた昔の話は、遠い日の神話として、希世はよく知っていた。

そのみなみの相手が、よりにもよって、こんな形で、希世の前に現れるとは皮肉なスパイスが効いた話だった。でも面白い成り行きになりそうだった。

現実は十分に楽しむに足るゲームでもある。

男の表情を希世はうかがった。

「あんた、話をそらさないでくれよ。俺は真理子の稼ぎを受け取りに来たまでで、あんたの友人の名前なぞ、俺にとっちゃ、関係ない話だろ。それに悪いが、そんな女の名前は、知らないよ」

わざと突き放したように言い終え、いら立った手つきで、タバコを取り出した。

希世が手慣れた手つきで、ライターをつけてやる。

横顔をそっとみつめる。この男は、どんな生活をしているのだろう。真理子のヒモだろうな。こうなった類の男は、この世界には、ごまんといる。男の中のクズだ。裏の世界特有の人間がかもし出す不健康な疲れが、全身から漂っている。

法律の勉強は、どうしたのよ。みなみはそのために別れたんじゃないの。あのしたたか者の真理子のヒモになるくらいだったら、私の友人みなみにすまないってあやまって欲しいわ。全くだらしがない男ね。これだから男っていやよ。私はみなみみたいに、すぐあきらめて結婚なんかしないんだからね。もっともっと男と遊んで、だましてやるんだ。店の経営が軌道にのるまでは、どんなことだってするからね。

「あんた、須藤さんとかいったね。こんな取り立て業、いつからやっているのさ。なんだったら、ウチの店の取り立て屋にならない」

希世は男に向って、冗談めかしていった。

カウンターの中で、バーテンの伸ちゃんが、今までそ知らぬ振りで、二人のやりとりを盗み見していたのだが、急にギョッとして、顔を向けた。

男も顔を上げ、あきれたような表情をして希世を見つめた。

「あんた冗談言うの、よしてくれよ。しかし、あんたもたいした玉だぜ」男は、そう言ってタバコをもみ消した。

「どう、せっかく来たんだから、店の酒一パイ飲んでいかない」と誘う。

「それから伸ちゃん、その棚にある紙袋取って頂だい」

希世は、袋の中から厚味のある封筒を取り出して言った。

「これで、気が済むといいんだけど。中味は、はずんでおいたわ。真理子、また働きたくなったら雇ってあげてもいいよ。あんたも、女に稼がせないで、まっとうに働くといいんだけどね。おっと、ごめんなさい。さし出がましいこと言ってしまって」と希世は口を押さえた。

真理子から被った損失や迷惑料を差し引けば多すぎる額だったが、また働けば、カバーできる。それより気分よくこの場を去ってもらう方が先決だ。店で働きたがっている女の子はたくさんいる。

須藤シゲルは、伸ちゃんが差し出した水割りを一気に飲み干すと、黙って封筒を受け取って、振り返らず、店を出ていった。

伸ちゃんがフーッとため息をもらした。

「マダム、こういう雨の晩にふさわしい感じの男でしたね。マダムの古いお知り合いでしたか？」

雨が似合う男か。フン。伸ちゃんもうまく表現する。

シゲルの奴もさびしい男だね。みなみもこれで幻の男にピリオドを打つ時が来たね。私が、じっくり教え諭してやろう。

氷を舌先で溶かしながら、希世は思った。

「伸ちゃん、今夜は、変な客しか来ないから、気晴らしにどんどん飲もうよ。ロックにして。割って飲んでたんじゃまわりが遅いよ」

雨の音がする。どこかでカラオケの雨の歌が聴こえてくる。

確かに、今は六月で、そして外は雨。

泰山木の家

渋谷駅南口のバスターミナルに折坂順子は久しぶりに降り立った。渋谷を基点に各方面へのバス路線が張りめぐらされているのだが、どの番号のバスに乗ったら行き先のバス停があるのかわからないのだ。案内板の前で路線図を確認する。おびただしい人の群れが歩道橋の上、横断歩道を往き交っている。

六月の午後の日射しはもうすでに暑い夏の予感さえして順子の頭上にジリジリと照りつける。地下鉄に乗れば二駅である。わずか四、五分の時間で済む。順子はわざわざ渋滞の限りを尽くす国道二四六を通るバスに乗り込んだ。

四十年前、十八歳で九州の田舎から大学へ入るために上京してきた。東京オリンピックが開催され、もはや戦後ではないと巷で言われたその花の都だった。国道を覆うかのごとく、代々木の選手村から駒沢のオリンピック競技場まで選手達を運ぶための高速道路が走っていた。その下を玉電と呼ばれた軌道電車がノロノロと小さな車体を揺らしていた。

順子は学生時代と同じ方法で、あの街へ行き、その昔下宿していた家へ行ってみたいと思いついたのだ。大学を卒業して、すぐ教職に就いた。中学校の国語の教師になり、結婚し、三人の子供を育て、区内の学校を転々と異動し、足踏みする間もなく人生を走り続けてきた。一度だって昔暮した家を見に行こうと振り返って考えたこともなかった。毎日が分刻みで過ぎていったからだ。

しかし、このところ体調が思わしくなかった。更年期の症状かもしれない。毎日が鬱々とし、面白くなかった。仕事を辞めようか、考えたこともなかった迷いが生じた。
十三、四歳の少年少女達と心の隙間ができ始め、埋められなくなっていた。彼らは髪を染めたがり、ピアスの穴をあけたがり、文字を書くのを嫌がった。夜遅くまでテレビゲームをして遊んでいるので昼夜逆転し、昼間学校では眠くて仕様がない。でも家にいてもつまらないので学校だけはよく来る。給食が目当てだ。
鷗外も漱石も教科書から消えた。太宰治の『走れメロス』冒頭の一行を読ませるのに四苦八苦だ。「メロスは激怒した。かの邪知暴虐の王を許しておけない……」

二字の漢字熟語、ましてや四文字など外国語と同じ難しさである。彼ら中学生は異口同音に言う。「メンドウクサイ」、「ウルセー」。

持って来てはいけない持ち物の中に携帯電話がある。取り上げても取り上げても担任の手元にはガラガラと集まってくる。中学生では保証人がいなければ買えないはずである。親が許し買い与えている。電話代が月に五、六万になるので先生止めさせて下さいと訴えてくる。子供の言うままにおもちゃを買い与え、歯止めのきかない親達。授業中に電子音の呼び出しが鳴る。順子の神経はその音に反比例してヒリヒリと傷む。また言い争いをして取り上げねばならないのか。嫌々勤めていると、管理職の校長までも民間並みの業績評価を、順子達平教員に押しつけてくる。ノート型パソコンに向かって黙々とキーを叩いていれば仕事をしているように見えると思っている同僚。順子の呼吸はいつしか詰まり、夜中に冷や汗をぐっしょりかいて飛び起きる。悪夢が体中を縛りつけてくる。

もう順子の時代は終わったのかもしれない。滅入った気分で通勤していて、ふと目を上げると、寺の垣根から肉厚の葉がそよいでいるのが見えた。大きな白いふくらみかけた蕾も見える。

あっ、あれは泰山木。

この木の名前を順子に最初に教えてくれたのは、学生時代少しばかり下宿していた家の老人だった。

あの家は、今どうなっているだろう。もし歳月があの家を残し、あの大木が残っていたとしたら奇跡だ。順子は迷いを吹っ切るように、目の前に大きな白い花を思い描いた。

順子はいわゆる団塊の世代より少し前の年齢であった。しかし小、中学校そして高校までいつも学校は増築中だった。当てにしていた大学の寮も希望者でいっぱいで入れなかった。東京に親類はあったが、自営業をしていて静かに勉学をする落ちついた部屋も、またそんな雰囲気もなかった。

大学の学生課の窓口で無愛想な事務員から貸し出された一冊の下宿台帳の綴り。今だったらパソコンの検索ですぐ判るのだろうが、当時は手垢で汚れたページを一枚一枚捲《めく》るのだった。街の不動産屋など恐くて入れなかった。学校から近くて、四畳半一間でよい。親からの仕送りは一万八千円だけ。この中から部屋代、生活費を出さなくてはならない。

順子は学生課で写しとった住所のメモを頼りに、初めての街、初めての道を歩いていた。不安で胸がつぶれそうだった。

十八歳の春だった。

期末試験の午後、順子は勤め先の中学校で休暇をとった。梅雨の晴れ間。

十五番というバスの表示にちょうど止まっていた私鉄バスに乗り込んだ。車内は空いていたので順子は一番後ろの席に一人座った。学校から、下宿から、この渋谷へはよく来たものだった。あの頃の友人達の顔を思い出しながら座席に深く腰掛け発車を待った。すると肩まで毛先の伸びた茶髪の二人の若い女の子が息を切らせて乗り込んで来た。片方が運転手に尋ねる。

「このバス〇〇女子大に行きますか」

二人連れは甲高い声で話しながら、順子の前の席に座った。

「地下鉄も早いけど、改札まで行くのに階段ズーッとあって、メンドクサイヨネ」

一人が膝の上のバッグからコンパクトを取り出し、パタパタと化粧を直す。今流行りの分厚いつけ睫、光った唇。もう片方の茶髪が小さなノートの様なものを出した。写真がペタペタ挟んである。プリクラ帳だった。それを一つ一つ長い爪の指でさわり、一枚をもう一人に渡す。順子の教えている生徒も宿題のノートは忘れても、分厚いプリクラ帳は後生大事にカバンに入れてくる。裸の背中が順子からまる見えで、細い紐が肩の前後についていた。まるで下着のような服である。キャミソールと言うのだそうだ。バスの走っている間、二人は会話するでもなく、携帯電話を取り出し、じっと手元を見つめている。

バスは○○女子大バス停に着いた。

「あんた何号館で授業」

「五号館」

「門から近いから、今から走れば英文学に間に合うよ」

茶髪娘二人は、ミュールと呼ぶつっかけサンダルをカツンカツンと鳴らし、バスを降りて行った。

順子は溜め息をついた。あの二人が女子大生であって欲しくなかった。順子の教えている中学生とやっていることが同レベルで、しかも英文学である。

バスの中であの二人は、化粧とプリクラと携帯だけであった。文学の話は一言もでなかった。

四十年前の順子達女子大生には、プリクラも携帯もなかった。二枚しかない白いブラウスを遣り繰りしながら着ていた。裸みたいな格好で校舎内を歩くなんて考えられなかった。田舎から母が縫って送ってくれたスカートやセーターを大切に着た。

バスに乗ったら本を読んだ。読まなければ、気持ちが落ちつかないほど何かに飢えていた。送金の遅れた月末、お金が無くて昼食を抜いた。みじめではなかった。大学の図書館で水を飲み本を読んでいた。知識を得ることで心が充ちていた。貧しいのは順子だけではなかったからだ。そしてあの家に下宿することになったのも部屋代が安いというそれだけの理由だった。

「六畳六千円。敷金、礼金なし。光熱費五百円。女子大生に限る」

そこは世田谷区野沢一丁目。商店街を七、八分歩いて右に折れ、私道に入る。大学の公衆電話でこれから訪ねる旨を連絡すると、先方はカン高い声で道順を教えてくれ、一方的にガシャンと受話器を切ってしまった。老人の嗄《しわが》れ声だった。

十八歳の順子は、教えられた通り知らない道を歩いていった。私道の両側にはしもたやが数軒あり、道の突き当りに黒っぽい木の扉が見えた。そばまで行くと、メモにあった「阿佐美」という名字の表札が掛かっていた。観音開きの木の扉は、しっかりと閉じられ、まるで来客を拒絶しているような威圧感があった。若い順子は深呼吸して、呼び鈴を押した。うっそうとした樹木に囲まれ、その家は黒い大屋根をのぞかせていた。

昔のある日のことを思い出しているとバスは三叉路を左に折れた。三軒茶屋から一つ先のバス停で、順子はブザーを押し慌てて降りた。

「中里」

バスの停留所の名前は変わっていない。何とか言うスーパーがあったはずだ。そこでよく食パンやバナナなど緊急の食材を購入した。休みが続いた日など、食べる物がなくてバナナを一本かじっていたら、急に淋しくなって畳の上に涙が落ちた。田舎に帰りたかった。きょろきょろ店を捜したが、跡形もない。四十年経ってしまったのだ。時間の残酷さに驚いた。

ガソリンスタンドの脇を曲り、商店街に出ようとするのだが、どこをどう間違ったのか通りらしき所がない。道まで消えてしまうのだろうか。サーッと不安がよぎる。十八歳の順子があの家を易々と捜しあてたのに、五十七歳の順子は迷子になってしまった。

六月の陽射しは午後になってますます強まる。汗が顔中に吹き出てくる。細い道の両側に建売住宅が密集している。一軒ずつが代が変わると細分化してしまったのか、とにかく狭い敷地にぎっしりと家々が並んでいた。

順子は僅かでも周辺の風景を思い出そうとあせった。

昼下がりなので歩いている人も少ない。そうだ、風呂屋に行く時、送電線の鉄塔が見えたっけ。

家々の屋根の向こうに、それらしき鉄塔は見えないだろうか。狭い道に挟まれた僅かな空を見上げた。すると家並みの遥か彼方に鉄塔の先が見えた。パアッと目の前が開けて行くような気がした。闇雲に鉄塔めがけて歩いて行った。

もう一つ、思い出した。日大の農獣医学部の校舎に沿って、コンクリートの長い塀があった。雨の日など傘をさして、その横の道を歩いた。鉄塔と塀。そこに突き当たれば、泰山木の家に辿り着くのだ。

それとなく住所表示を見ると、「野沢」と書いてあった。やはり順子の記憶にまちがいなかった。バス通りから、いつも通っていた商店街は、「中里旧通り商店街」と名を変えていた。やっとその通りに出た。細い細い商店街の通りだった。扉の閉じたガラス戸に埃の積もった喫茶店があった。甘いコーヒーの匂いが漂っていたことを思い出した。お金があったらコーヒーをゆっくり飲みたいと横目に見て通った店だった。扉の前に立つと店内に人の気配はなかった。閉店という木の札が風に揺れていた。

古びた金物屋があった。店の奥に座っている親爺は息子の代になっているのだろうか。友人がにきびを治したくて、女店員にいろいろ質問していた化粧品店。

向こうから郵便配達の若者が、赤いバイクでやって来た。配達員なら、この辺の住宅事情に詳しいのではないかと思い尋ねることにした。

順子は青年に声をかけた。

「この辺に、阿佐美さんという大きな家がありませんか、捜しているのですけれど……」手に封書を挟み、バイクに足を掛け、目を宙に浮かせ、しばらく考えてから彼は「さあ、知りませんね」とそっけなく応え、ガソリンの臭いをさせて走り去った。

そうだろう。四十年も経っている。捜し出すのは無理かもしれない。これだけ家も人も変わっているのだ。順子は踵を返しバス通りに戻ろうとした。今日やろうとしていたことが無駄でも、新しい発見はあった。

歳月は人を待たずと言うが、順子を待っていてはくれなかった。そのことも身にしみてわかった。今だったら、サイフの中にゆとりがある。コーヒーを飲んで、あの喫茶店の優しそうな女主人と世間話もできたのに……。金物屋の頑固親爺にジロリとにらまれ、びくびくして小さな鍋を購入するのをためらわずに済んだのに……。

瘦せぎすの不安げな十八歳の順子はどこへ消えてしまったのだ。順子は四十年前の自分の姿を目で追った。

赤いバイクが再び順子の前に現れた。

笑みを浮かべ、

「すみません、忘れてたんですが、確か一九番台に阿佐美さんという家がありました」と汗をかきかき、帽子《ヘルメット》をちょいとあげた。思い出してわざわざ順子を追いかけてくれたのだ。

郵便配達の青年の親切な心遣いのお陰で、幻の家は忽然と順子の目前に現われることになった。

阿佐美家の私道は昔より狭くなったように感じられたが、商店街から奥まった距離もあの当時と変わらなかった。両側に三階建のミニ開発の住宅が密集して、門までの印象を変えていた。

順子はとどろく胸を静めて、ゆっくりと歩を進めた。塗り直して手入れの行き届いた屋根付きの木の門は、あの時と同じように閉じられていた。白い陶器の表札に「阿佐美」と黒々と書いてあった。

四十年間、この家はずっとここにあったのだ。そして、あの木はあるだろうか。


順子が大学から紹介されて来た当時、私道から奥まった突き当りにこの大きな門は建っていた。うっそうとした樹木に囲まれて家全体が深閑としていた。

小さなくぐり戸の横に色褪せたブザーが付いていた。

「ジリリン、ジリリン」錆びついた音が響いた。二、三度と押し続けたが、返事はなかった。しばらく休み、もう一度押してみた。電話で親切に道順を教えてくれた老人はどこに行ってしまったのだろう。順子が来ることを忘れたのか……。

門の前で逡巡していると、庭の方で間のびした「ハーイ」という声がした。木戸の内鍵が開く音がし、しわだらけの老人の顔がくぐり戸からのぞいた。

「あっ、さっきの電話の学生さんね。お待ちしてましたよ。何しろ、奥まっているもんですから、よくわかりましたね」

カーキ色の作業ズボンに、珍しいゲートル巻き。ラクダ色のシャツの首には汚れたタオルが巻きつけてあった。皺だらけの顔は能に出てくる翁の面にそっくりだった。

順子を玄関に招き入れながら、

「どうもこのごろ耳が遠くていけません。少し大きな声で頼みますよ」と言う。老人の大きな福耳の穴から長い毛が生えていた。

古い家だった。戦前の建築だそうだ。靴を脱ぎ、外光の遮断された薄暗い廊下を通り、黴臭い洋室に案内された。何か古い映画のセットに迷い込んだような、昭和初期のモダンな造りの部屋だった。重厚なカーテンから西陽が射して、部屋全体がセピア色に沈んでいた。

片隅にピアノが置いてあった。

「娘が弾いていたピアノですよ。今、お茶の水で音楽教師をしています。あなたはピアノ弾けますか。どうぞ自由にお使い下さい。この家は、古くて申し訳ないのですが、この前の戦争で焼けなかったんです。空襲の時、この辺一帯も火が回って来たのですがね、庭の木々が幸いしたのか、池もありますしね、ここ一軒だけ燃え残り、全く奇跡のように火の手が止まって助かりました」

阿佐美老人は旧制高校で長いこと教鞭をとっていたといい、退職して庭師みたいなことをやっているのだと口をすぼめてしゃべった。しゃべるたび口の端に白い泡がたくさんついていた。

コトコトと小さな足音がして、ドアが開き、小柄な老女がお茶を持って入って来た。

「こんだ、下宿する学生さんかい」地味な着物で、下はモンペ姿だった。髪は一つに束ねていたが毛は薄かった。目がくるくる動くかわいい感じのお婆さんだった。

順子は初対面の挨拶をし、てっきり二人が夫婦だと思ったのだが、老人は彼女のことを「おばさん」と呼んだ。

実はこの老女は、阿佐美氏の妻の姉にあたり、古い家の中で家事一切をやっていた。

黒光りする廊下の先で三方から庭の見えるこの家の中心になっている和室があった。

五年前脳溢血で倒れた阿佐美氏の妻は、これ以上薄くなれない薄さで、ふとんの間に挟まっていた。寝たきり生活が長いので、無表情で怒ったような顔をしていた。ジロリとこちらを眺めた目が、先ほどの姉婆さんとよく似ていた。

阿佐美氏の三人の子供は、それぞれ独立し、都内に二人、大阪に一人住んでいるのだそうだ。

この大きな広い家に、老人二人で寝たきりの老妻を介護していた。現在のように介護保険などという便利なものもなかった時代だ。若い頃に苦労をかけた妻の面倒は自分が看るのが当然だと老人は言った。寝たきりの妹婆さんは元師範学校の教師をしていたそうだ。関東大震災で身寄りを失くした姉を引き取り、その時に子供達が姉婆さんを「おばさん」と呼んでいた呼び名が通称になってしまったのだ。その姉婆さんであるが、全体に童女の印象がある。

人間歳をとると幼な児に戻るのか、つぶらなよく動く目が愛嬌となっている。

「あなたみたいな若い人に住んでもらえればと、大学にお願いしておいたのです。この辺も近頃物騒になりまして、老人だけでは不用心ですし……。女子大生の方なら、華やかで明るくなりますわな。仲良く付き合って頂きたい」

阿佐美老人は戦前に建築された築何十年にもなるこの家を案内してくれた。

順子の借りた六畳間は東のはずれの方にあった。台所は古く黒ずんだ板戸を開けると、すぐ横にあった。部屋の畳は変色しすり切れていた。ガラス戸の先に広縁が、そしてその縁が家の南側にぐるりとあった。

この家で一番立派で大きな部屋に、ひっそりと老女が寝たきりになっていた。枕元に呼び鈴の紐がさがっていたが、耳の遠い老人より、姉婆さんの方が聞きつけて、廊下をふうふう言いながら用件を聞きに行った。たいてい下の世話であるが、病気の妹が苛立って、何か声を荒げている時がある。姉婆さんは、すっかりあきらめた表情で、時には頬をふくらませ、ぶつぶつ独り言を言いながら、病人用のおまるを持って裏庭に運んで行くのだった。

またこの姉婆さんは順子が一緒に暮すようになってわかったことだが、一日中何かしら忘れ物や捜し物をしていた。

「順子さん、わたしの入れ歯、見なかった?」

「メガネなくなっちゃって、何も見えやしない」日によって異なる物たちが、次の日にはちゃんと口の中や、鼻の上についていた。

この静寂な広い家は順子の趣味にあっていて、家賃が安いこと、部屋が古いこと、気の良い老人達との共棲はそんなに悪いものでもなかった。

ただ一つだけ困ったことは、寝たきりの妹婆さんのために、さびしさを紛らわす手立てとして、テレビが一日中大音響でつけっ放しであったことだ。

夕方になると老人二人は夕食の仕度をし、病人を挟んで静かに食事をする。その後、一様にこっくりこっくり居眠りに入ってしまう。テレビはいつまでも深夜にブラウン管の白い光だけになってもついていた。

庭先には緑の蔭をつくる樹木が池を中心にたくさん植えられていた。その中央に実に見事な大木があった。南方産の堂々とした風格が、この家の古さとマッチしていた。阿佐美老人はこの木を指さして、「泰山木」という名を順子に教えてくれた。大きな白い花が、まるでハスの花のように空に向かって開くのだという。

「この庭の守り神じゃよ」昔話をする翁のように白くて長い眉毛を動かし、若い頃にもらって来た苗をこの庭に植え直した日のことを語ってくれた。

「爆弾が辺り一面に降り注いだのに、この庭だけは守られた。近所の人々が庭に逃げ込んできて、仮の避難場所でしたよ。たくさんの人が焼け死んだものです」

順子は、その花の咲くところをぜひ見たいと思った。戦災に遭った人々をしっかり守った木。


引越して一カ月ほど経った五月の嵐の夜だった。姉婆さんの部屋から、寝言と、それに続く叫び声が聞こえてきた。

「フェーン、フェーン、ムニャムニャ、エーン、エーン」

長い長い苦し気な嗚咽。それから深夜になると泣き声は毎晩続くのだった。

順子は寝入り端《ばな》、姉婆さんのこの奇癖に襲われると、下宿学生がすぐこの部屋から出ていってしまうという謎がやっとわかった。

時折、寝たきり妹婆さんの方がこの声に起こされ、

「おじいさん、姉さんがうなされているから見て来て下さい」と起こすのだが、耳の遠い老人は寝入ってしまって、グウグウといびきだけ響かせていた。

昼間はあのあどけない姉婆さん。

夜の奇癖にいったい誰がなじむだろう。女子学生を下宿人に置こうと思うのは間違いである。

大学の空手部の猛者だって、夜のあの声を聞けば、縮み上がり、耳を塞いでしまうだろう。幽霊のうめき声だと思えば、それはあまりにふさわしい舞台設定だった。暗闇にいつまでも続く細く長い嘆き声。関東大震災で身内を全て失くし、一人生き残った姉婆さん。

「ア、ア、ア、エーン。エーン……」

当時の悲惨な夢を、失くした子供の姿を夢の中で追い求め、泣いているのかもしれない。

しかし、そんな翌朝は、けろりとして起きてきて、共同の台所で朝食の仕度をしている。順子が朝食を作っていると、必ずフライパンの中味をのぞきにくる。

必要な買物は全て阿佐美老人がやっていた。黒い大きな皮のサイフに小銭が入っていて、福耳を風になびかせ、買物籠を提げて出かけた。

姉婆さんはちょこちょこ歩けるのに、この家から出ようとしない。戦後約二十年も経ち、東京の街もすっかり変わったのに、まるで女浦島のように、外に出ることを嫌がっていた。

「順子さん、オリンピックってもう終わったのかい。高速道路が、大通りにできたって、お爺さんが言ってたけど、空に道路が走っているなんて嫌だね。

この辺もね、昔は何もなかったの。焼けちゃって、ずっと野原。見渡す限り、渋谷の街まで見えたのよね。逃げてくる人がいっぱい。誰もかれも歩いていたの。そうだ、やっと電車が走ったって聞いたわ」

姉婆さんの話は、戦時中の苦労と、焼け出された頃のこと。この辺が畑で芋を作って、皆食べるのに追われたこと。聞きもしないのに、台所で順子に話すのだった。

庭に、山吹の黄色い花が咲いた。その花を手折り、仏壇のある部屋へ、ちょこちょこと入って行く。長い間、幼くして亡くなった我が子に手を合わせている、姉婆さんの小さな背中が見えた。

学生の間に五月病なるものが流行っていた。順子も患ってしまったらしい。胸が締めつけられるような感傷的な気分になり、何をやっても面白くない。繁華街渋谷に行っても、恋人達が楽し気に歩いていて、それを見るのも空しい。授業はつまらない。友人もいない。

順子は阿佐美家に籠っていた。古本屋から買って来た国木田独歩を読んではみたが、気分が滅入るばかりだった。

「順子さん、ちょっと来て下さい」

庭から姉婆さんが手招きしている。何か愉快なことを見つけたのか、目が楽しそうに笑っている。昨日から失くした入れ歯が入っていない口腔が黒い洞のように丸く空いて、Oの字に見えた。うれしそうである。姉婆さんのいたずら好きは、この深閑とした家での唯一の動きとなっている。

「順子さん、面白い物がありますよ」となおも呼んでいる。

順子は国木田独歩を放り投げ、廊下に出た。

「お婆ちゃん、何かあった？」

姉婆さんの上機嫌は、順子の不機嫌などお構いなしだ。

「ホラ、ホラ、ネズミですよ。まんまと掛かったの。ヒ、ヒ、ヒ……」

籠を持ち上げ、まわして見せる。

「こんな大きなの、久しぶり。今ね、殺してみせますよ。見物しますか。フ、フ、フ……。近ごろ台所が騒々しいと思ったら、こいつだったの。よくいろんなもの引っぱって持っていくから、お爺さんが、アタシのせいにして怒るの。やっぱり犯人はこいつだったね。ふんとに、憎い奴！さあて、どんな殺し方にしようかな。溺れさせましょう。ハ、ハ、ハ」

順子が哀れなネズミを見て眉をしかめると、

「エッ、こんな面白いもの見たくない。アーラ、残念、フントに残念」

入れ歯のない口が一という文字になる。

姉婆さんは、肩を竦《すく》めてネズミ捕りの籠を抱え、井戸のある方へ、陽気なゲタの足音を立てて歩いていってしまった。

順子は小学生の頃、増水した小川の縁で男の子たちが、モグラを溺れさせていたのを目撃した嫌な思い出があった。小さなモグラは、ピンクの砂搔きで一生懸命川岸に向かって泳いでいた。するといたずらっ子たちが竹の棒で、川の中央に突き戻す。泳いでも泳いでも岸に上がることができないモグラは、とうとう力尽きてしまう。その手が草の縁にわずかに届く。その目は生気に輝く。本能の炎が燃えるのに、男の子は喚声を上げて、棒でバシャッと叩くのだ。モグラは体重ほどの水を飲み、ボールのように膨らんでくる。そしてとうとう砂掻きの動きが止まって、お腹を見せて、白い玉の塊になって浮く。小川の中ごろに小さな死が浮いていた。モグラの最期の悲しい黒い目を思い出す。「やめなさいよッ」と声をあげても男の子たちのエスカレートを止めることができなかったあの日の無力感。

でも姉婆さんの軽やかな足音と無聊《ぶりょう》に誘われて、思わずサンダルを突っかけて裏庭に行ってしまった。

阿佐美家の裏庭には井戸があった。昔はどこの家でもあった井戸がここでは現役で活躍していた。

ガシャコン、ガシャコンと、リズミカルな水音をたて、冷めたい水がバケツに張られた。婆さんは嬉しそうな顔つきでネズミ捕りごとその中に入れた。ガタガタと苦しまぎれに水中のネズミが暴れる。

「ヒャッ、ヒャッ」声ともつかぬ声をあげ、姉婆さんは片わらにちょこんと座って見物していた。後ろ姿が小さな子供のように見えた。この井戸は婆さんの遊び場だ。天気の良い日は、洗濯板でタライを出し、寝たきりの妹婆さんの汚れ物など「ふう、ふう」と言いながら洗っていた。

八ッ手の葉が艶を帯びて風に吹かれていた。

梅雨の頃になると、裏庭の石の下に小さな穴があり、古くからの住人の蟇《がま》がのっそりと登場した。この低音の醜い先住者は、姉婆さんによると戦前からこの家に棲みついているのだそうだ。「へーッ　長生きね、代が変わっているんじゃないの」と聞きかえしても「だって同じ顔しているよ」と真剣に返事するので笑えない。姉婆さんのおしゃべりは、時々蟇にも向けられ、手元の水の涼しさに魅かれるように、揚げ羽蝶などがヒラヒラと舞い遊んでいた。

洗濯物を洗い終え、竿に掛けるのを手伝っていると、

「姉さん、姉さん」

阿佐美家の寝たきり妹婆さんの呼ぶ声がする。寝るのに飽きるのと、床ずれが痛いらしい。声に苛立ちがありありと響き、一刻でも早く枕元に来いと呼んでいる。姉婆さんは、子供が面白い遊びを中断された不服顔で立ち上がり「チョッ」と舌を鳴らして呼ばれた方へ走って行くのだった。

日中阿佐美老人はたいてい庭の中だ。

剪定ばさみとハシゴを持って一日中移動していた。植木屋に頼まず、庭の全ての植物を自分で世話するのだと言う。以前生物の教師をしていたので、変わった植物を集めては植えていたのだそうだ。当年八十三歳であるが、身のこなしは軽い。ハシゴを掛け、高い木にするりするりと登っ

ていく。ノコギリで不必要な枝をギーコ、ギーコと切る。なぜか木の上で「ははぁ、ふふう、ほうっ」と大声を出すので、たいがいの頭上の鳥はびっくりする。

ふとんの中で寝たきり妹婆さんが時折叫ぶ。「お爺さん、落ちないで下さいよ。危いから。そのまま天国へ行かれちゃうと、アタシの世話する者がおりませんよ。お願いですから、気をつけて……」

婆さんの声は木の上の爺さんに聞こえるはずもなく、「ふーむ、うんうん」という仙人の声が落ちてくるばかり。

そういう時、姉婆さんは庭できれいな葉っぱを拾っていたりする。一応手には庭箒を持っている。台湾生まれの泰山木が開くのはもうすぐだった。

姉婆さんが、いたずらっぽい例の目をさせ順子を呼びに来た。

「お酒飲まない」

「梅酒があるの。一年もの、二年もの、戦前の古酒もあるの。この家の庭で採れる梅で作ってるのよ。まあ飲んで下さい」とコップになみなみと注ぎ、

「ねっ、おいしいでしょ」と同意を求める。口元の皺が、御機嫌に深まる。

台所の薄暗がりが、秘密のバーに変身だ。琥珀色の液体で、婆さんと順子二人気持ちよく酔っ

ていた。

阿佐美家のたくさんある梅の木に、その年も重くて甘い梅の実が成った。

雨上がりの午後、老人と姉婆さんとで奮闘して採っていた。老人が竹の長い棒で叩くと、バラバラと熟れた梅の実が地面に落ちる。その下で姉婆さんがうろちょろして拾っている。

竹のカゴはみるみる一杯になる。

学校帰りの順子も手伝うことにした。

三人で夢中になって梅の実を採っていると、裏木戸が開いて、不意に人影が現われた。順子と姉婆さんが気づき、顔を上げた。姉婆さんは飛びすさるように、老人の背中の陰に隠れた。慌てカゴの実が二、三個落ちた。

突然の来訪者だった。

順子たちの目の前の背の高い黒っぽいシャツの男は、老人に来意を告げた。

「〇〇大学の学生課の紹介で来ました。妹の部屋を捜しているのです。代理で申し訳ないのですが……」

男の目は白目が青く光っていた。

阿佐美老人は耳が遠く、男の低い声が聞きとれない。寝ていた妹婆さんの方が部屋から、「お爺さん、補聴器！」と怒鳴っていた。

襖一枚で仕切られた順子の隣室は、出窓のある四畳半だった。この部屋からは泰山木がよく見えた。昔、この家の長男である息子さんの勉強部屋だったそうだ。

「小柳れい子です」

ほんの少しの引越荷物と、いちごのパックを持って、痩せた女の人が玄関に立っていた。色白でほっそりしていた。昨日現われた黒シャツの男とは、あまり顔が似ていなかった。度の強そうな縁のあるメガネ、パーマ気のないストレートの髪を後ろで一つに結んでいた。大学の図書館に勤めているのだという。静脈の浮いた白いふくらはぎを見せて、部屋に案内され、順子に向かって優しくほほ笑んだ。美人なのか、そうでないのかよくわからない不安定な色っぽさが漂っていた。

隣室に若い女性がいてくれるのは、何かと心強いと思った。老人ばかりの中にいたのでさわやかな風が吹き抜ける感じがした。

それにしても夜毎の姉婆さんの寝言に慣れるのは大変だろうと順子は心配だった。

夜になり、若い女性の部屋らしく荷物も片付き、隣室も静かになった。

小柳さんは優しく落ちついた人だった。勤め先の図書館に行く時は、化粧を全くしないのだが、土曜日になると、薄く口紅を刺していた。その紅色が小柳さんの青白い顔色を少し明るくした。午後になると決まって、兄と名のる黒シャツ男が来訪した。二人は音楽を聴いたり、いつまでもヒソヒソ話をしていた。

順子は隣室での男の気配が嫌でたまらず、男の声がすると、外出することにした。風呂屋で長風呂をしたり、本屋で雑誌をめくってみたり、日大の長い塀脇をゆっくり歩いて部屋に戻った。

夜になると夕食をとりに小柳さんは男と出かけた。まるで夫婦のように仲よく腕を組んでいた。変な兄妹だった。

夜も更けた。順子はトイレに起きた。水を流し、部屋に戻ろうと廊下に出ると、姉婆さんの部屋から例の寝言とうなり声が聞こえてきた。

「うーん、うーん、ふええん……」

わっ、始った！　耳を塞ぎ、急いで床に就こうとした。

コツン。窓ガラスに石が当る音がした。

隣室の出窓に誰かが石を投げている。順子の胸が早鐘のように鳴った。こめかみが熱くなる。黒い人影が木の下に立っていた。

順子はゾッとした。声を立て、小柳さんを起こし、騒いでみようかと、身構えた時、小柳さんの窓ガラスが、内がわから開いた。

それから男女の押し殺した声。小柳さんが男をなじっている。時折、声が高くなり、また静まる。ケンカしているようにも聞こえる。

ついに小柳さんの泣き声も交じる。順子は眠れず、ふとんの中でパッチリと目を開けていた。湿った夜だった。老人達は寝静っているのだろうか。順子は息を殺していた。男は小柳さんの部屋で何をしているのだろう。夜具が擦れる音がする。荒々しい息づかいも聞こえてくる。なじるような声がおさまった。

小柳さんのくぐもった声が低く、そして高く聞こえて来た。順子は全身が耳になって気配を聞きとっていた。うめきに近い吐息が大きく波のようになっていく。歯を喰いしばっているのに、喉から思わず声が漏れてしまうといった声。

順子はどきどきする胸と、冴えわたる頭で考えた。隣室で行なわれている営みは、あれはまぎれもなく、男女の交接の行為であると。十八歳まで知らなかった。ふとんをかぶって目を閉じた。

神様、今夜は眠れません。そう思った時、小柳さんの歓喜の声が漏れてきた。

窓の外で、泰山木の白い花がはじけて咲いた。

順子の目はしっかりと閉じていたのに、はっきりと花は見えたのだった。

翌朝すっかり寝坊して、大学に出かける順子の目に、庭の中央に白い花々をたくさん咲かせた泰山木がまぶしかった。

それから一カ月もしないうちに、小柳さんは郷里に戻るといって、荷物を片付け引越してしまった。大学の図書館も辞めてしまった。

順子が学校に行っている間に、見知らぬ男が阿佐美老人に会いに来た。黒シャツの男の行方を捜しているという。写真を見せられ、よくよく見ると、小柳さんの兄と名のった男であった。いったいどういうことで捜しているのか聞いたのだが、耳が遠くて詳しくわからなかったと老人は話した。

男は許しを得て、小柳さんの部屋を物色し、そのまま帰って行った。阿佐美老人が聞きとった最少のことがらは、小柳さんは黒シャツ男の愛人で、妹でも何でもないこと。

男は公金をつかい込み持ち逃げしてしまって、逃亡中であること。人目につかぬ女子学生の下宿屋にひそかに出没し、潜伏し隠れていたのだということだった。

清楚な小柳さんが男に利用されていたのではないかと考えられなくもないが、あの一夜の声が順子の耳に残っている。

「やっぱりね、今どきの若い人は何をやっているのだか、わからないよ」

姉婆さんの独り言が聞こえてきた。

主のいなくなった出窓の部屋をパタパタとハタキ掛けをしながら、姉婆さんが声を上げた。

「順子さん、見てごらんよ。今年は泰山木の花がよく咲いていたけど、もう一斉に散っている」

あれから四十年の歳月が流れた。

八十歳の姉婆さん、八十三歳の阿佐美老人、もうこの世の人ではないだろう。

「阿佐美」という表札の門は、歳月を越え順子の目の前に立っていた。

姉婆さんの声、老人のハシゴを持つ姿。小柳さんの白いくるぶし。よく繁った樹木の上にあの時と同じ六月の空が広がる。

順子は目を凝らす。大木の泰山木が、阿佐美家の屋根の上からのぞいていないかと……。

もう一度よく見る。緑のその葉はつやつやと光っていた。梅雨に濡れて、白い大輪の花が幾つも咲き乱れて、順子の目に幻のように咲き、幻の時間のように散っていった。

壁の向こうの隣人

南夫婦が二十五年前、東京は大田区にマンションを購入した時は、まだマンションブームが起こる初期の頃だった。しがない公務員と言ったら公務員を侮蔑する言葉になるだろうが、本当に将来の見通せない薄給だった。

夫婦二人して働いてギリギリの生活だったので、マンションを買うことは夫婦にとって、清水の舞台から飛び降りるような高い高い買い物であった。

結婚してすぐ借りた下町の木造アパートは、六畳と三畳の二部屋しかなかった。引越して荷物を運び入れると夕陽が沈み、辺りが薄暗くなった。部屋を見まわして天井を見てハッとした。荷物の片付けに追われて、電球とその傘を買うのを忘れていたのだ。

若かった二人は、それでも楽しくてネオンの町へ電気の球を買いに走った。

トイレはあったが風呂がなかった。妻の良子の実家が近くにあったので、仕事帰りにもらい風呂をしたり、一人目の子供は、流しでお湯を使ったりした。洗濯機は外廊下にしか置けないので、冬の夜の洗濯が辛かった。まだ全自動でなく二層式の旧型だったから、脱水機の方へ洗濯物を移し替える時、指が凍った。

隣室との壁は薄く、くしゃみや話し声などとてもよく聞こえた。家族構成なども手にとるようにわかってしまった。夜遅く隣りの息子が勤めから帰ってくるのも話し声や、食器の音でつつ抜けだった。

二人目の子供が生まれた。おもちゃや衣類などで囲まれ、家族四人がその中に納まるには、かなり無理をしなくてはならない。赤んぼうを寝かせておく場所の確保がおぼつかない。

休日になると、隣室の人が遅くまで寝ているので迷惑を考え、丘の上の公園によく子供を連れて遊びに出かけた。

ある日、高台の丘が削られ、ブルドーザーが土煙を立てているのを見つけた。その日から妻の良子は生まれたばかりの赤んぼうを背負い、工事現場の立て札を一日一回眺めて帰った。

隣室の物音を気にせず、赤んぼうに寒い思いをさせず風呂に入れてやりたい。北風の中で震えながら洗濯したくない。建築が進んでいくマンションを下町のアパートから見上げながら良子の思いは日ごとに募った。

三月、桃畑がまだところどころ残っている丘の上に白亜のマンションが完成した。白い壁にブルーの屋根。H工務店が都内マンション第一号として力を入れて建築したというスカイハイツ。当時としては珍しい「オール電化」のマンションであった。調理も暖房も部屋の空気を汚さない電力で全ての光熱を賄うという謳い文句だった。

リビングルームにはシャンデリアのような電灯が輝いていた。電気の球を買いに走らずに済む。トイレとお風呂と洗濯室まで付いていていた。

風呂はユニットバスであるが、壁面の木目模様は暖く、大型電気温水機からは一日中いつでも豊富なお湯がほとばしり出るのだと案内人の営業係は胸を叩いた。

その他に全室に冷暖房機が備えつけてあった。真夏の室内の暑さに夜中うなされて泣いていた長男の顔を良子は哀れな思いで思い出していた。

アパートの外階段を昇り降りしながら、良子は丘の上の憧れの殿堂に、自分達夫婦が入居するためにどのくらいの借金を背負わねばならないのか思いめぐらすのだった。その都度深い溜息が自分でも驚くほど漏れるのだった。

幾晩もノートと通帳を前にして話し合った。勤め先の東京都からの借り入れと、銀行からのローン。その当時の金利は現在から考えると顧客をばかにしている程の高利率であった。「低金利」とか「優遇税制」なんて言葉は、マンション建築ブームの今でこそ耳慣れしたが、二十五年も前には言葉さえ存在していなかった。

南夫婦にとってその部屋を購入することは、天文学的数字の借金とたたかうことであった。夫婦は子供達の将来を思って決断した。夫の昭が販売当日の朝、申し込み金十万円と印鑑を持って、モデルルーム兼事務所に行くと既にすべての部屋が申込済み完売であった。「九時から販売開始とこの広告に出ていたので来てみたら、九時前に全て売り切れとはどういうことか……」

「お客さん、一週間前に整理券を出して、毎日九時に申込み者の出席を取っていたんですよ」

「そんなの、この広告にどこにも書いていやしないぞ。先着順とだけあるじゃないか！」

「もう少しお待ちいただければ、キャンセルの部屋がでるかもしれません」

後で聞いた話によると、アルバイトの学生を日当を出して雇っていた人もいたとか。ともかく初めてのことなので焦って怒っている夫の昭を目の前にした営業マンは、売約済みの印の押してある図面をパラパラと見ていて、突然、「アッ、お客さん一つだけ売れ残っています。よかった、よかった……」ホッとした顔で、昭にその図面を指さした。

運命的な出会いの一〇二号室だった。

どうしてこの部屋が人気なしナンバー1だったのかは、追い追いわかってくるのだが、営業マンのほっとした表情と、あれほどこのマンションを欲しがっていた良子のことを考え、いったん一〇二号室の間取図を持って帰った昭だった。

木造アパートから脱出できる……。白亜の丘の上のマンション。良子の頭はそこに住めるだけで幸せの鐘が鳴り響くようでいっぱいになった。他のことは見えなかったし、考えられなかった。二トントラックに少ない家財道具を積み込み引越しした。あっという間に、広いリビングに荷物はほどかれた。

子供達はブルーのじゅう毯の上に立ったり座ったりしてとまどった。畳の部屋はなかった。一階だったので、椅子から元気よく飛び降りても、うるさいと文句は言われない。道路に面した部屋の前と左手にベランダが付いていた。右側は薄い板、これは避難する時、手で破れるようなボードが隣のベランダとの境になっていた。一〇一号室は壁で区切られていた。この一〇一号室は常駐の管理人の部屋であった。管理会社から派遣されてくる管理人が四半世紀にわたって、南夫婦を悩ませ厄災の種となり、それが今日もなお続いている。

引越してきた時から溯って第一代から歴代を上げてゆくと、とうてい紙数が足りなくなる。しかし壁の向こうの隣人のドラマはいやが上にも始まってしまったのだ。

木造アパートに住んでいた頃と違って、少なくともこの丘の上のマンションは生活レベルの高そうな住人が入居していた。毎朝運転手付きで黒塗りのハイヤーが三台は止まっていた。自転車の後部に子供を乗せ、毎朝保育園までキーコキーコと漕いでいるのは、南夫婦くらいだった。

朝、エントランスの掃除をしながら、管理人は、ハイヤーに乗り込む御主人様を家来のごとく丁重にお見送りする。

松本さんは第一代の管理人だった。とても熱心に勤めていたけれど、中学二年生の娘がいて、なぜか不良になってしまった。タバコをくわえたボーイフレンドが夜遊びに来て、エントランスで遅くまで話し込んだり騒いだりする。勤め帰りの住人がそういう状態を嫌った。それと中学校のＰＴＡの役員をやっているＡさんが自分の家の娘と、松本さんの家の不良娘が同じクラスで、た。

尚更気まずい状態になり、とうとう松本さんは一年もしないうち、娘を連れてどこかへ去っていった。

二代目の人は、北海道出身の筋肉マンだった。四、五歳位の男の子を一人連れていた。奥さんはいたのだけれど、朝早く実家の店を手伝いに行くとかで、ほとんど姿を見せなかった。人の好さそうな筋肉マンは、エントランスで男の子をよく遊ばせていた。南夫婦の家にやって来て、網戸を洗ってあげるので、持ってきてくれと親切だった。管理人室でよく電話をしていた姿を見た。

この筋肉マンも、あっという間にクビになってしまった。理由は、夫婦二人勤務なのに奥さんを外に働きに行かせていたこと。そして決定的なのは、北海道への私用電話が非常に多かったとのこと。管理人室にあったマンション専用の電話を使って、故里に長い長い電話を毎日使用していたことが異常にふくらむ電話代で会社にバレてしまったのだった。

三代目は秋田出身の斎藤夫婦だった。因みにこのマンションは夫婦住み込みが原則である。

秋田出身の斎藤さんの女房は、素朴なズーズー弁の訛りを隠さず、働き者だった。脳溢血の後遺症のある夫をよくカバーして、てきぱきと働いていた。管理人になる前は、下町の方に工場を持っていたのだそうだ。御主人の斎藤さんが病気で倒れ、借金だけが残り、泣く泣く工場を手離し、職住接近のこの仕事に就いたと、これも女房からの情報である。ろれつのよくまわらない夫を助けて、女房は明るく住人に接していた。壁を隔てた隣人の南夫婦を変に信頼してくれ、困ったことが起こるとなぜか応援を求められた。

斎藤さんの女房は蛇が大嫌いであった。このマンションが建つ前、ここは丘陵だったので、先住者の青大将が冬眠明け、エントランス横の崖地から春の挨拶に来るのだった。

ギャーッという叫び声と同時に、手足の不自由な自分の夫より、隣室の南夫婦を呼びに来るのだった。

「すみませーん。蛇がいます。取って下さい」恐怖で青ざめて震えながら、モップや棒の先で昭に蛇との交渉をさせるのだった。

「全く管理代が欲しいくらいだ……」南夫婦の夫はぶつぶつ言った。

管理人の仕事は、朝晩のエントランスや、廊下の掃除、建物のメンテナンス、ゴミ置場の整理整頓、駐輪、駐車場の管理。その他見つけだせば数限りあるだろうが、勤務時間は、朝八時から五時までだが、きっちり昼は一時間窓口を閉めている。午後五時になると、斎藤さんはすでにユカタにくつろいで、一升瓶を片手にクサヤの干物をかじっていた。病気の後遺症もあったのだろうが、怠け者の斎藤さんはキレイ好きではなかった。だからゴミ置場は常時ごちゃごちゃになり、自転車置き場も紙くずが舞っていた。

住人の不満がたまってきていた。ちょうどそのころだったと思う。一〇四号室が汚水の逆流で水浸しになった。

慌てた主婦が管理人室へ飛んでいった。晩酌中の斎藤さんは、めんどくさそうにやっとやって来て、「ハハァ、水浸しだぁ」と言って帰って行ってしまった。一緒に汚水をふき取るとか、手助けするといったポーズも見せず、さっさと帰って行ったので、頭に来たと、後ほど一〇四号の主婦は大いにむくれて近所中に言いふらした。

管理組合の年一回の総会が五月になると、集会室で開催される。会社から監督者がやって来る。早朝から斎藤さんは準備で忙しい。とうとう開始時刻直前、緊張のあまり発作を起こしバッタリ倒れてしまうのだった。お茶を用意しているどころではない。理事達が救急車を呼び、大騒ぎで彼を運び出してから、総会が始まる。会議は一時間も開始時刻が伸びてしまう。

病院から戻って来ても、斎藤さんは酒を止めなかった。倒れても一升瓶を抱えている……という風情だった。

酒やけした赤ら顔が医者の言葉を信用していなかった。倒れても倒れても飲んでいた。とうとうこの大酒呑みの斎藤さんは強い発作に襲われた。

秋田弁の女房は隣室の南夫婦に助けを求めに来た。

「お父さん、お父さんッ」

女房は怒鳴りながら、昏倒している斎藤さんの両頬を平手でパチパチなぐった。

斎藤さんは固く目を閉じ、もう話もせず、深い鼾をかき出した。

夫の昭は、斎藤さんの女房を落ちつかせ、脳出血で倒れている人を動かしてはまずいと考え、頭を固定し、ベルトを緩めた。

救急車で運ばれて行ったきり、酒の大好きな赤ら顔の斎藤さんはこのマンションに帰っては来なかった。


斎藤さんの後任で藤本さんという大人しい夫婦が入居してきた。

無口な夫と手芸好きな女房という組み合わせだった。手芸好きらしい女房は管理人室前の棚に手作りの可愛い人形を飾ったり、小さな花瓶に野の花をさり気なく活けていたりした。

なぜかこの年、米不足で、米五キロ購入するとタイ米を抱き合わせで買わされていた。ある夕方、管理人の女房が「大変つまらないものですが、お口よごしをして下さい」と丁寧に手作りの箱に入った赤飯を持参して来た。

今まで隣室の管理人から、届け物などされたことがなかったので、南夫婦は恐縮した。特に良子は赤飯が大好きだった。夕食時、箱を開けてびっくりした。細長いタイ米で炊いた赤飯だった。がんばって喉に通したが、固くてパサついて、あのふっくらと艶のあるもち米で炊いた赤飯とは大違いだった。

「本当につまらないもので、お口よごしだった」と良子はふくれ面になった。

返礼に、名店街で買ったおいしい缶入りのせんべいを恭々しく差し上げた。管理人の女房はうれしそうに受け取った。

ある夕方、勤め帰りの良子は、マンションのエントランスで、藤本さんの女房とすれ違った。

「コンバンワ……」

ほんとうに何気なく、いつもの夕刻の挨拶を交わし、見るともなく顔を見あわせた。これが、藤本さんの女房と会った最期の会話だった。

夜半、心臓発作を起こし、女房は不帰の人となった。斎藤さんの時と違い、藤本さんは隣室の我が南家に助けを求めず、救急車もサイレンを止めて、静かにやって来た。昼間の疲れでぐっすり眠ってしまった良子の耳に、遠くでサイレンが鳴ったように思えた。

藤本さんの女房は、三カ月も居住しないうちに星のまたたく秋の夜空に消えていってしまった。

人間の命は〝はかない〟と実感をもって知らされたできごとだった。そんなに親しくなくても、昨日まで元気で働いていた人が、ある時を境に姿を見せなくなる。考えようによっては長く患って、老いさらばえた姿を他にさらすより、記憶の中にとどめられた若い時の美しい姿のままで消え去る方が、それだけ惜しまれる気もする。

まあ、他人の死についてあれこれ考えさせられた一件だった。

まだまだ南夫婦は呑気に構えていられた。数カ月のうちに次々と管理人が亡くなるので、マンションの住人たちから「塩でも撒いたら」という提案があった。

藤本さんは、一人肩を落として、管理人室を去って行った。

次にやって来たのは、猫好き管理人、鈴木さんだった。目のギョロリとしたアゴの長い鈴木さんは、魚の匂いがしていた。そのせいか近所のノラ猫になつかれた。夫婦して猫好きだったので、ベランダでエサをやり出した。

一匹のノラが棲み付き、そのうち管理人室は、猫の集会所のようになってしまった。

春先、盛りのついたノラ猫がみゃあみゃあとうるさい。南夫婦のベランダも通り道になってしまい、夕食時、魚でも焼いていると、匂いにつられて、猫たちが集って来て困った。網戸を開け、追い払おうとした夫の昭は慌ててしまった。足元の隙間から、腹をすかせた猫が部屋の中に逆に入ってこようとした。

「オイッ、コラッ、入ってくるな」と騒いで、急に網戸を閉めたものだから、戸に自分の首をはさみ、足元には入ってこようとした猫がはさまり、マンガのような一場面とあいなった。

鈴木さんは釣り好きだった。マンション住人と釣同好会を作ってしまった。休日には仲間の自家用車に分乗して、海釣りに出かけた。

釣果はたちまち猫たちのエサになった。鈴木さんへの猫たちの人気たるや絶大だった。

気分の良い昼間、鈴木さんは長い顔をもっと長くして、ゆっくり近所をお散歩した。ついでにスーパーまで足を伸ばし、キャットフードなどをビニールの袋に入れて私用も済ませていた。猫たちにはとことん優しい鈴木さんだった。

猫中心の業務だった。

この鈴木管理人と南夫婦が些細なことでぶつかり合う事件が発生した。

ある日のこと、薄汚れた病気のノラ猫が、エサかあるいは死に場所を求めて、鈴木さんの部屋のベランダ前によろよろとやって来て、息絶えた。ちょうど、隣りのベランダで洗濯物を干していた良子が発見し、管理人室に報告に行った。

「猫が死んでいるので、片づけて欲しい」と。

動物の死骸は、道路で死んでいたら、保健所に連絡し、処分してもらえる。費用は掛からない。私有地で死んでいても、道路にいたといっても不思議がられないほど、汚れた猫だった。

ところが鈴木管理人の女房が不憫がり、手厚く葬ろうということになり、動物専門の葬儀屋に処分を頼むことにした。ノラ猫はちゃんと知っていたのだ。優しい鈴木さんの所で死ねば間違いないと……。

葬儀屋から、数千円も前払いで請求され、第一発見者の隣室の良子が知らん顔をしているというので、鈴木さんは腹を立て怒った。

こうして、猫をめぐるトラブルが徐々に鈴木管理人と南夫婦の対立を深めていった。そもそも事の発端は、たくさんの猫の御機嫌をとり、エサをやり、管理人室を猫のお助け部屋にしてしまったのは彼等管理人夫婦ではないか。猫の鳴き声と臭いに南夫婦の我慢は限界に来た。

しかしこの猫騒動はまだ牧歌的な事件に過ぎなかった。

とうとう管理会社に、一〇二号室の猫被害を訴えると、上司が飛んで来て実情を調査し、子猫を蹴散らして帰って行った。

それから数日して、鈴木夫婦はノラ猫たちと涙の別れをし、他のマンションへと移って行った。猫の鳴き声に悩まされなくなった頃、静かな夜が戻って来た。


鈴木さんの後任として夫婦で引越してきた新しい管理人は土田さんと言った。顔色の悪い目つきの残忍そうな酷薄な印象の人だった。のっぺりした変に白い顔の女房は、太っていておしゃべりだった。鈴木さんからの引き継ぎでもあったのか、土田さんは初めから南夫婦に対してよそよそしかった。

確かに猫は居なくなった。その代わり、夜になると、猫の声のような妙にねばっこい泣き声が漏れてくる。耳を澄まして、その泣き声の主を捜すと、それはいつしか祈りの呪文に聞こえてくる。あの土田さんの女房の細い声だ。毎晩細くうねるように線香の匂いとともにノリトというのか呪文というのかよくはわからないけれど、新興宗教の祈り声に似ていた。

管理会社の悪意としか思えない。管理人が交替すればするほど質が劣っていく。

南夫婦は吐息をついた。他の部屋の人達には、この悩みはわからないだろう。小規模の五階建マンションで一つの階で八軒くらい。約四十の家族がいる。その住人で壁の向こうの人がこんなにもくるくる激しく変わる経験をしている住人がいるだろうか。

一〇二号室が売れ残っていた訳がやっとこのごろわかってきた。説明のつかない心労が襲う。こんな馬鹿らしいことがあってよいのだろうかと思えるできごとが、土田管理人によって次々引き起こされるようになった。

一〇一号室には、悪意の霊魂が棲みついてしまったとしか思えない。そんな事件がたて続けに起こった。


静かな秋の夜、例のノリトが静まり、床に就いていた南夫婦の耳に、突然けたたましい電話のベルが鳴った。思わず飛び起きて時計を見た。午前〇時を過ぎていた。

電話口で男の怒鳴り声が響いた。

「壁をキーキー引っ掻くな」と言っている。激しく怒っている土田管理人の声だった。

「もう寝ている。ウソだと思うなら、家へ来て現場を見てくれ」

夫の昭も激しい口調に巻き込まれ、ドアを開けた。隣室に住む管理人は非常識にも夫婦の寝室にズカズカと入ってきた。彼の顔は蒼白で、何に怒っているのか血走った目で、南夫婦をじろりとにらんだ。

「そっちが壁を叩くなら、こっちも容赦しないからな……」

そう捨てゼリフを吐いて、肩をいからせ帰って行った。南夫婦にとって、異常な難くせにもかかわらず、明日の仕事を思って、その夜はひとまず眠ることにした。

悪魔はその夜から動き出した。

明け方、午前四時頃だったろう、隣室の境の壁が棒のような物で激しく叩かれた。

それから毎晩、無言電話、壁叩き攻撃は執拗に続いた。土田管理人は完全にノイローゼ男の域へと変貌した。集合住宅の上下左右の音は思わぬ方向から響いてくる。彼はそれを隣室の南夫婦がすべての音を波のように寄こしていると思い込んでしまった。彼の悪意からなる愚かな実力行使は、ある程度日常性の中で無視してきたのだが、しつこい安眠妨害に、身体の方が拒否反応を示してきた。昼間に疲れが残ってしまう。穏かな睡眠がとれなくなってしまったのだ。

そこで夫の昭が、雇用主の会社へ電話を入れ、ノイローゼ男の異常な事態を調査するよう頼んだ。会社は、どういう風にこの男に伝えたのか、一週間は静かになった。

しかし再び棒の壁叩きは始まった。とうとう南家の夫の方が切れた。

朝、エントランスを掃いている土田管理人を把まえ、怒りの表情で怒鳴った。

「無言電話、壁叩きを止めてくれ！」

すると管理人は血走った目でにらみ返し、「お前が壁を引っ掻くから、俺は叩き返しているんだ。悪いか……」と白目をむいた。

土田管理人の目の下は青黒い隈にふちどられ、唇は白くたてにしわが入っていた。

「お前たちが、俺を眠らせないからだ。夜中に、トントン、ギーギー、音をたてているじゃないか……」

ぶつぶつ、ぶつぶつと繰り返しながら、管理人室へ入って行ってしまった。

南夫婦は、この男の言動が尋常でないと会社に訴えた。担当が再び調べにやって来た。わかったことは「一時にトントン。二時にコツコツ。三時にギリギリ……」という変な呪文の告白だけだった。

会社の担当は首をひねって戻って行った。

翌日、南家に一本の電話が掛かった。

この何気ない一本の電話は、南夫婦をますます窮地に陥れた。

所轄の警察署からで、隣室の土田管理人が猟銃所持の申請書を出している。以前に散弾銃を所持しているのだが、もう一丁増やすそうだ。人物的に大丈夫であろうか……、という問い合わせだった。

これを聞き、夫の昭は絶句し、頭の中が白くなっていった。

あの幽鬼が銃を二丁も……。あいつに銃など持たせたら、俺達夫婦が獲物になってしまう。今ですら神経戦を戦っているのに、どこにも逃げ場のない集合住宅で危険物を持たせていい筈はない。土田管理人の妄想癖について、夫は説明しようと試みた。しかし、所轄の担当者は書類の山を片づける方が先決なので、生返事をして、電話を型どおり切ってしまった。

やり場のない怒りが湧いてきた。苦労してローンを払い続け、やっと手に入れたマンション。まじめに平凡な公務員として働いてきた。これまで他人を貶めたり、迷惑を掛けたりしたことがあっただろうか。

他の部屋の住人のように管理人に少しでも便宜をはかってもらおうと、おべっかを使ったりつけ届けはしなかった。高い管理費を毎月きちんと払っているのだから、余計な贈り物など不用だと考えていた。壁が隣り合っているのだから、余りべたべたした関係はよくない。それに毎年、夏と冬になると、役員が中元、歳暮代と称して寄附金を集めるのさえ、いい気持ちはしなかった。

今までの壁のこちら側で受けた数々の迷惑を考えると、こちらの方が慰めて欲しかった。

「チクショー！」

他の階の住人は、南夫婦が毎夜被っている壁叩きのことは知らなかった。

あの音は、あれは棒なんかではなかった。あれは銃で叩いていたのだ。不気味な銃口が夜な夜な夫婦の部屋に向けられていた。

管理人の女房の呪詛は、相変わらず続いていたし、妄想男の土田管理人は、乾いた喉をごくりとさせ、獲物をねらって耳を澄ませている。

そして夜がくる。壁の向こうから戦慄が襲ってくる。

長崎の風景

父の転勤で、東京から長崎へ引越してきたのが昭和三十七年春、三月末だった。長崎は温暖であるとは聞いていたが、桜は満開で、ブラウス一枚でも汗ばむほどであった。東京のどこまでも平に続く屋根を見て育った目には、長崎の家々がまるで山の斜面に必死でしがみついているように映った。

鶴の港と呼称されている長崎港は、古くからオランダなどの異国との貿易で栄えていた。その切れ込むような細長い入り江には、いつもどこかの外国船が停泊し、南山手の洋館は、石畳の坂がよく似合っていた。

私の一家が住むことになった会社から与えられた家は、愛宕山という、飯茶碗に米を盛ったような形をした山の中腹にあった。その山の南斜面で、日当り、眺望ともに抜群。安普請ながらも二階まであった。

庭には植物好きだったこの家の建主が植えた草木がよく育っていた。玄関脇から庭に入る途中に木製のU型アーチにつるばらがからまっていた。垣根にもクリーム色のばらが五月になると通りに面した石垣にまでこぼれるように咲いていた。

南面の白いテラスには、ぶどうのつるが伸び、二階の窓まで這い昇って、夏になるとおもしろいほど実をつけた。西側には、大きないちじくの木があった。西陽を遮ってその葉はさやさやと揺れ、たわわに熟した実はカラスや小鳥のエサになった。

二階の窓からは、展望台のように長崎の街がよく見え、そこは弟二人の部屋になった。私には、東南の突き出た三畳間が一部屋与えられた。生れて初めての個室だった。今までずっと弟と一緒の子供部屋と称する所に押し込められていたので、思春期に入った私は、この一室が青春への出発点のように思えた。

本棚にはこづかいで少しずつ買いためた文庫本など並べ、飾り棚に小さい頃から集めていたミニチュアの家具を置いた。少女のシッポがまだついたままだったのだ。雨の日など、この外国製玩具のミニチュア家具を並べ替えては遊んでいた。子供の頃の楽しいひとときであった。私の大切なもの、愛玩していたもの、それらは引越のたびに、邪魔だといって母に捨てられた。長崎でもう一回、愛宕町の家から転居した際、私の思い出の家具セットは、跡形もなく消えた。

中学三年の一年間は、長崎の桜馬場中学という所へ通った。いわゆる転校生だった。校庭の真中に大きな桜の木のあるマンモス校だった。二つほど山越えをする距離だったので、市電（路面電車）で通学した。思案橋から、螢茶屋行きに乗る。電車はゴトゴトとのんびりした音をたて、ゆっくり街の中を走る。徒歩五分で通学していた東京の中学校と違って、この往復は面白かった。長崎は雨が多かった。しゃれたレインコートを母に買ってもらった。そんなコートを着て通学する女生徒は少なかった。

秋にスケッチ大会があった。南山手の洋館の屋根越しに港を描いた。足元に十月の海が広がり、家々の屋根がキラキラ光っていた。空は高く澄み、空気がサラサラと流れていた。水彩画の絵の中なのか、現実の風景なのか、あまりにも静謐な時の中に十五歳の私はいた。

いつまでもこの風景を忘れまいと思った。家に戻ってくると、母が着物をタンスから出して陰干しにしていた。樟脳の匂い。縁側に腹這いになって、そのころ読み耽っていたカナダの作家M・モンゴメリの『赤毛のアン』の世界に浸っていた。柿の梢の先でモズがしきりに鳴いていた。

私は本の世界に夢中になっていた。夢みる夢子さんのように想像の世界で遊んでいた。学校の勉強は好きではなかったが、ノルマとしてやっていた。三月には高校入試があった。本命とすべり止めとたった二校しか受けなかった。すべり止めの私立の時、前日まで風邪で高熱が出て、受験に行くのにフラフラだった。でもなぜか頭は澄んでいて、にが手な理科がスラスラ解けた。

長崎県立長崎南高校に入学したのは昭和三十八年四月。新築の校舎、丘の上の校庭は赤い山土がむき出しだった。新設校だったので、先生方もそれなりに張り切って若かった。

山の上の学校へはスクールバスで通うことになった。ところが坂下の町から高校生をぎっしり積んで発車してきたバスは、山の上のバス停で待つ私の所には、ほとんど止まらない。とうとうしびれを切らして歩いていくことにした。急坂を毎朝、重いカバンを持ってフーフーと息を切らして登った。慣れるにしたがって、足腰が鍛えられていったのか、そのうちあまり苦しく感じられなくなった。家から向かい側の山の斜面を、トントンと軽快に登っていく私の後ろ姿を母はしばしば目に留めていたそうだ。

この高校の図書館は開館したばかりで「学而館」と墨書されていたと思う。すべての本が新しかった。戦後の復興期の小、中学校では、古いすり切れた本が多く、紙の色が変色したような本ばかりだった。だから、新品の紙の匂いがする本を手に存分に読めた。

図書館には若い男の司書がいて、本のラベル張りなどをのんびりやっていた。私は彼に欲しい本をどんどん注文した。その上まだ未登録の本を何冊でも自由に貸してくれた。窓際に文庫本のコーナーがあり、五十音順に整理され並べられていた。その貸出カードのまず一番目に記名したくて、手当り次第に読んでいった。

人生の何たるかもわからず、ただひたすら活字の世界に遊んでいた。そのことが、少しずつ内部で積み重なり、水面に広がっていく波状のさざなみのようになっていたのは、五十を過ぎて、やっとわかってきた。言葉の洪水の中におりながら、言葉のもつ不思議な霊のようなものに触れていたのかもしれない。

東南の三畳間で、夜更けて本から目を離すと、ガラス窓にやもりの白い腹がぴたりと張りついていて、チチチ……と鳴いていた。初夏の柑橘類の花の香り。夜風が開けた窓から入ってきた。トイレに起きてきた母に必ず「いつまで起きているの。もう寝なさい。電気代がもったいない」と叱られた。蛍光灯のスタンドが机の上に一つだけ。このささやかな電気代など心配する必要がどこにあるのだろう。

静かな夜更け、本のページを繰る音だけがして、私は詩や小説の世界に遊んでいた。生活のことなど心配せず、いつまでも本を読むことだけをして暮していきたいと安易に願っていた。

毎日が両親の監督下におかれ、いつまでも子供扱いが不満だった。市民ホールであった音楽会に出かけ、夜九時過ぎに帰宅して、父にひどく怒られたのを覚えている。偶然、クラスの男子生徒数名と出会い、汁粉屋でおしゃべりをして帰って来ただけなのに。私はこの時、男子生徒からチヤホヤされて、少し興奮していたのかもしれない。それなのに、楽しい気分を吹き飛ばす無粋な小言だ。もし男子生徒と特定にでもつき合ったら、両親が怒り狂うだろうとは想像できた。親から自由になりたい。毎日母親の作った弁当をカバンに入れて登校するくせに、こんなことを夢見ていた。

高校三年間、文芸部に所属していた。本を読むばかりでなく、自分でも小説や詩を書きたくなった。手製の詩集を作った。言葉が溢れるように出てきた。小説は、毎日十枚位書いては、クラスの女子に回覧して読んでもらった。血湧き肉おどる……しかも大ロマンスの大悲恋物であった。学校から帰るなり、私は我を忘れて原稿用紙に向かう。頭の中に『レ・ミゼラブル』並みのストーリーが渦巻き、悲劇のヒロインが悲し気な吐息を窓辺でもらしているからだ。

現在、少しのエッセイでも四苦八苦している身にとって、あのころの情熱がなつかしい。

港の近くに赤レンガ倉庫群があった。十八歳。遠く外国航路の船が往来していた。島々が東シナ海に浮かび、夕日は荘厳な黄金色を海に溶け込ませていた。港の匂いは、旅情をかきたてた。まだ見ぬ国々へ、世界の果てへ旅したいと切に願った。

私は高校時代を長崎で過ごした。夢のように遠い日々であるが、本質的には当時と変わっていない自分がいる。それは、本を読むこと以外、怠け者であること。両親に甘やかされて育てられた、いまも変わらない極楽トンボの私がいる。

長崎の風景が決定的に私の何かになっている。

五月は哀し

もうずい分昔のように思われるのだけれど、今からまだ四年程前の二月の頃だった。「辺境の作家の会」が行われた。

井上光晴さんの講演があるというので、私達伝習生も歌や踊りを準備して集まった。酒が入っていなかった真面目な会だったせいか会場は湧かず、竹内一夫さんの物真似も一部の者しか笑わず、彼は首をかしげて退場した。真打ちで和田伸一郎さんの踊りが始った。聴衆の層がいつもと異なるのか白けるばかりで、和田さんの笑顔が硬くなる。その時の女装の和田さんはとても美しく私は感心して見ていた。

ところが先ほどから腹痛を薬で抑えているといっていた井上さんが踊ると言い出した。火の気のない寒い廊下で震えながら着替えていた井上さん。肌は寒さで鳥肌立っていた。胸の骨が浮いて何やら気の毒な感じがひしひしとした。井上さんは体調の悪いのも顧みず会場にいる人々にサービスしようという思いでいっぱいだったのだろう。こういう白けきった雰囲気は井上さんにとって我慢できなかったのかもしれない。腹痛を抑えて踊っていた。

その一番前の座席で井上さんの一生懸命振りに感激した玉代勢章さん。即座に同人になると参加の意志表示。船橋辺りの場末のストリッパーを目のあたりに見た思いだという感想だった。鳥肌立った井上さんの熱演。辺境の会の前日は函館の伝習所、そしてすぐ二月二十六日には片山さんの歌集出版記念パーティーへと全国を飛び廻っていた。

井上さんは時間を守る人だった。合評会の為、池袋の駅に集合した時、三十分前に切符の手配をしに私が待っていると、すぐ姿を現わし、いつものように平気で遅れてくる人をやきもきして待っている。井上さん自身は大変ハードなスケジュールをこなしていた。その前日まで北京に滞在し、昨夜成田に到着。車が渋滞し夜遅く自宅に帰り着いたという。中国では病気の野間宏さんの面倒を見てきたと話していたが、さすが疲労の色が表情に浮かんでた。車中、世間話をしている私達を横目に、合評会用の同人誌に真剣に目を通していた。

そして、今、厳しく愛情のこもったあらゆる角度から切り込まれた批評に耐え得る作品を私は書いているのだろうかと自問する。

生涯にわたって時代と向き合い、漂泊の旅に出、生き急いだ人だったと思う。常に休むことなく活動し、酒と女と辺境のラーメンを愛し、妥協ない姿勢で自由を抑圧する者に対峙していた。その小説世界は、通俗を排し、登場する人物は緊迫したテーマを体現すべく苦悩していた。

合評会で録音したテープを聴いていると、井上さんの大音声が新緑の中から響いてくる。

今年も光り輝き、晴れ晴れとした五月がめぐり来ているのに……。

井上さん、あなたは青空のどこかでカラカラと笑っているのでしょう。陽気な歌や、アリランなどの歌をいったい誰と口ずさんでいるでしょうか。

五月の濃い緑に胸が詰まる。

――五月《さつき》は哀し　汝《なれ》に会えずして――

毎年五月になると、わが小説の師、井上光晴さんを思い出す。

一九九二年五月三十日、井上さんは世を去った。

跋

中山茅集子

糟屋さんから作品集の話を聞くようになったのは何時頃からだったろう。井上光晴さんが入退院を繰り返し、小康を保っておられた頃だから優に十年を超える。熱い気持ちを抱きながら果たせないでいたのは、教師という多忙な日々の中で身動きがとれずにいるのだと、察した。

「定年になったら」が口癖だった。その日を迎える準備も怠りなかった。千葉外房御宿の太平洋岸、通称「月の沙漠」からせりあがった丘に北米産のログハウスが完成し、小説仲間で押しかけた時も「ここで小説をどんどん書くの」と目を輝かせた。口癖の「定年になったら」は、その日を四年繰り上げてこの春に退職、「影」の松本さんのご好意もあって、とんとん拍子に運んだ。思えば遥かな夢が遂に実現したのである。本当によかった！　糟屋さん、おめでとう。

今度糟屋さんの小説をまとめて読み、長年書き続けた成果が堅固なワールドを築いていることに気付いた。決して大きな世界ではなく、殆どが糟屋さんとその周辺を巡る話である。祖父のルーツを訪ねる旅、両親や伯父伯母、従姉妹などの身近な関わりを書くことで炙り出されてくるのは、幕末から明治を生きた下級武士の凋落と再興、バルザック的な人間の色と欲と絶望、そして光である。作者自身も中年の現実から青春へ、少女から子供へとタイムスリップする。さりげない書き出しと、企みの面白さに誘われ、共にスリップしていく底に、きらきらするドラマが待ち受けるのだ。

表題作「泰山木の家」はそうした青春への回帰譚である。「渋谷駅南口バスターミナルに折坂順子は久しぶりに降り立った……」行き先は四十年も昔、九州の田舎から大学へ入るために上京し、最初に下宿した家だ。四十年の空白が大都会を未知の顔に変え、途方にくれるなかで下宿の庭にあった泰山木を思い出す。大きな木のイメージが奇跡的に旧い屋敷を捜し当てる。下宿は折坂順子の青春のスタート点なのである。変わるものと変わらぬものとの対比、都会の変貌と大木の生命力が作品に通底する。

糟屋さんの学生時代を書いた作品は、すべてここから出発したのだろう。安保闘争も初恋や失恋も。長年の教職を自ら解いて個に戻った時、もう一度人生のスタート点を見極めたかったに違いない。

「水道町物語」は更に遠い過去へと遡る。〝私〟は、九州博多への途で、新幹線の車窓から小倉城の天守閣を見る。小倉には十歳の〝私〟の物語がある。三つの章からなる一つ、「集落の子」

は、同じ地平に立つ筈の子供の背後に、不当な差別が存在する理不尽を、無垢な少女の目を通して鮮やかに掬い上げ、心に響く。

「燃える運河」にも朝鮮人であるために泥棒の疑いを向けられる子供が出てくるが、子の母親がのびのびと描かれていて救われる。朝鮮戦争のさ中、金偏景気の町には大きな運河があり、倉庫が取り巻いていた。或る日、失火で倉庫が爆発全焼した。気の弱い父親が倉庫番だったカヨちゃん一家も行方知れずになった。幼い日の離別の悲しみは決して消えることがない。

私が一番好きなのは「凍った花」。やはり思い出に属するものだが、作中の鮮烈なエロティシズムが他を圧する。幼いわたしは戦争に行ったまま帰らない父を待って母と二人、祖父母の家にいる。或る日、シベリヤに抑留されていたという男があらわれる。小さな工場を経営する祖父の片腕になり、幼いわたしを可愛がってくれた。当然のことに、母もまた男に魅かれていくなかで、あるとき男はシベリヤの思い出を語る。

「深い雪原で死者を埋める穴を掘っているとき、凍土の下に春を待つすみれの蕾を見つけ、生きて帰る勇気を与えられた」と。

物語は男と母が結ばれるかに思わせて、一転、破局を迎える。あろうことか、同じ敷地内に住む伯父の妻に恋をし、服毒心中をはかったのだ。駆けつけた祖父が「この売女！」と伯母の髪をつかみ男の傍らから引き摺りだす。

「そのとき着物の裾が割れ、真っ白な太腿が見えた。そこには凍りついた紫色の花が咲き……勝田が話していた凍土の下のすみれに見えた」

男に頼まれ、毒薬とも知らずに祖父の実験室から盗み出したのはわたしだった。なのに、それへの畏れにもまして子供の目は、太腿に咲いた凍土の花の妖しさに幻惑される。ガルシンの『赤い花』の衝撃にも勝る鮮烈なエロスへの目ざめ！

糟屋さんには今までに取り上げたものとは全く別の、小説というよりはドキュメンタリーにふさわしい「逃げ水」を代表する一群がある。カポーティの、しなやかでノスタルジックな作品から切り離した位置に、あの『冷血』があるように。この時期の糟屋さんの捨て身の記録に心が震える。世間からは密室に等しい学校という場の不条理。闘い力尽きて敗退する教師の叫びが紙面を圧倒していた。

十年ほど前に福山の自宅を訪ねて下さったことがある。ご両親が広島の友人を訪ねる旅に同道されたらしい。早速ワインを抜きお喋りしていると、二階のアトリエから夫が下りてきた。座は何時しか糟屋さんが主導を握り、夫が座り込んだ。アトリエで仕事中は泥棒が入っても出てこない夫が、ほんとに楽しそうに遠来の客の話術に魅せられていた。糟屋さんにはそうした魔術も備わっているようだ。

あとがき

三十三年間勤めた公立中学校の教師をこの春辞めた。定年まであと四年。でも私は待ち切れなかった。年金をもらえるのは、まだずっと先、家人の困惑もわかっていた。収入0《ゼロ》、肩書きなしのスタートライン。

教育現場という透明で空しい鎖からやっと解放され、私の心は軽々とし、胸の奥底から本当の呼吸ができる。残り時間は小説を書くことに費やそう。若き日に志した本来の目的をめざそう。

二十五年前、私は五歳の長男の手を引き、九州は西域の辺境〝佐世保〟に向かっていた。一歳半の次男坊は、別れぎわに泣き顔で夫に抱かれ、いつまでもぐずっていた。無我夢中の暑い夏だった。

三十一歳の私を駆り立てていたもの。私は小説を書きたかった。仕事と子育てに追われ、茨木のり子の詩の一節にある〝初心消えかかるのを／暮しのせいにはするな〟という言葉を奥歯に嚙みしめて悩んでいた頃だった。

そんなある日、文芸誌「すばる」の中に、井上光晴という作家が文学伝習所を佐世保の地で旗揚げする……その趣意書を偶然読んだ。

「文学とは何か。その問いを手放さず、問うて問うて問いつくす場所。考え、読み、そして書くという連環する行為に、これまでとは質の違った新しい息吹きを与えよう……」

文中には一人の作家の熱い呼びかけがあった。ああ、私が行かねばならない場所だ。悩みを吹っ切るように、私は伝習所に参加した。

一年後には同人雑誌を創刊し、数々の小説を書き始めた。毎回の合評会に、井上氏は欠かさず参加され、どんな稚拙な文章でも丁寧に批評して下さった。どれだけ励まされ、鍛えられたかわからない。

――テーマに食いつき、現実を超える想像力を養え。虚構は現実を凌駕できるか。現代は世の中の方が虚構を上まわる現実をつきつけてくる、でも文学は、そこから掬い取る真実がなければ説得力はない。どんな批評にも耐え得る作品を目ざせ――と、志を説かれた。合評会では、私共の作品のもつ甘さやごまかしを手厳しく指摘された。その時どきノートしていたいくつかの言葉を列挙してみよう。

「小説は自分の持っている魂、経験をよりどころにして書け！」

「自分にしか書けない小説を書くのだ。背骨の中から汁を滴らせるように表現しろ！」

「文章、文体、人と同じようでは、レベルは上がらない。描写力は努力だ。この居酒屋の様子だって、原稿用紙何枚にもなる」

「上等な人に会い、その人の話を聞きなさい。くだらん奴とはつき合うな！」

井上光晴氏は酔うと電話魔になった。お宅に私達を呼ばれた時、必ず野間宏、埴谷雄高などの大先生にお話しさせていただいた。

原一男監督のドキュメンタリー映画『全身小説家』にも埴谷さんのお宅で歓談している場面がある。

師・井上光晴は、十一年前、癌で他界された。亡くなられるまで私共を叱咤激励して下さった。意識が亡くなる時、その指先は宙に文字を書いていたという。

私は今、これまで書きためた中から、井上氏の批評をくぐった作品その他、十篇を選び一冊に纏めることにした。その作品の中には「文学界」の同人雑誌評のベスト5に入ったものやら、井上さんの高価な癌の薬代に充てようと、こっそり懸賞に応募し、二次予選に残った健気な作品もある。どれもわが子のようにいとしい。

短篇集を出すにあたっては、伝習所の文学仲間、中山茅集子さんのひとことがあった。

「同人雑誌に載せたものは、いつか書き放して散逸する。一冊にまとめておくのが作品に対する思いやりだ……」と。

私は勇気を奮い、着々と準備にとりかかった。

文学上の助言者であり、畏友中山さんには、跋文も寄せていただいた。井上光晴氏の魂を私共がリレーしていく決意を新たにして……。

さいごに、私の小説修業中、途惑いながらも、温かく広い心で陰ながら支えてくれた夫に感謝します。

そして、私の作品を丁寧に読んで下さり、編集の労をとって下さった影書房の松本昌次さんに謝意を述べたいと思います。

二〇〇三年　秋

糟屋和美

糟屋和美（かすや　かずみ）

1946年　東京生まれ
1970年　昭和女子大学文学部日本文学科卒
1971年　東京都狛江第二中学校国語科教諭
2003年　大田区立大森第三中学校退職

1978年に井上光晴文学伝習所参加。1979年以来，「新文学伝習」「関係」「クレーン」同人として小説を書き現在に至る。

泰山木《たいさんぼく》の家《いえ》
二〇〇三年九月三〇日　初版第一刷
著　者　糟屋《かすや》和美《かずみ》
発行所　株式会社　影書房
発行者　松本昌次
〒114-0015　東京都北区中里二—三—三
久喜ビル四〇三号
電　話　〇三（五九〇七）六七五五
ＦＡＸ　〇三（五九〇七）六七五六
E-mail : kageshobou@md.neweb.ne.jp
http : //www.kageshobo.co.jp/
振　替　〇〇一七〇—四—八五〇七八
本文印刷＝スキルプリネット
装本印刷＝広陵
製本＝美行製本

定価　一、八〇〇円＋税

ISBN4-87714-309-2 C0093